ET SI ?

© ROSE CR, 2024
Édition : BoD · Books on Demand GmbH, In de Tarpen 42,
22848 Norderstedt (Allemagne)
Impression : Libri Plureos GmbH, Friedensallee 273,
22763 Hamburg (Allemagne)
ISBN : 978-2-3224-9722-5
Dépôt légal : Novembre 2024

SOMMAIRE

Parce que d'après lui, j'en étais capable.

Merci de m'avoir aimé.

CHAPITRE 1.

Tout un monde s'écroule pour Rose. C'est une jeune femme si folle de vie, d'amour et de joie. Elle est posée là, assise par terre sur le carrelage humide et froid de la salle de bain, entourée d'une serviette qui cache à peine sa peau brûlante et luisante. Elle ne veut plus, elle n'y arrive plus. Ses larmes se fondent à ses joues rosées, elle se perd dans l'idée qu'un monde où il ne fait plus partie n'est pas fait pour elle.

- Rose dépêche toi !

- Par contre un monde où lui ne fait plus partie ! -

Cela fait maintenant cinq ans qu'elle est avec lui à se battre pour créer un monde à deux, avant d'ouvrir les yeux pour se rendre compte qu'elle était seule. C'est ce départ qu'il lui a fait réaliser. Rose se redresse, essuie les rivières qui dégoulinent sur ses pommettes.

- Ressaisie toi ma grande, tu ne dois pas te montrer faible -

Elle enfile son pyjama, démêle ses cheveux mi blond-mi long et sort de la salle de bain. Elle se retrouve nez à nez avec Bryan, celui avec qui elle doit partager sa vie. Il attend, paisiblement étalé dans le fauteuil. Elle le regarde, esquisse un beau sourire et le rejoint. Sans un bruit, elle observe le résultat de cinq ans d'acharnement. Sa tête qui ne cesse jamais de réfléchir, la jette dans ses pensées.

- Ce n'est pas ma place... Regarde toi... Tu ne peux pas ignorer cette odeur ! Il pue l'alcool à des kilomètres. Faut que je prenne cette décision cinq ans ce n'est rien après tout. De toute façon je ne l'aime plus, cela fait déjà quelques mois que je ne ressens plus rien pour lui, ni quand il me regarde, ni quand il m'embrasse. Sa présence ne m'apporte ni joie, ni réconfort, ni soutien. Rappelle toi Ro, à part tonton, personne ne pourra te comprendre ou encore cherchera à le faire et lui il n'est plus là. -

Rose était heureuse, il y a un an de cela. Tout lui réussissait ou presque, avant ce jour-là. Le jour où elle apprit que son confident, son oncle était mort brusquement. Depuis, chaque jour après son départ la change, ainsi que le manque de soutien et l'isolement face à cette étape a changé tout ce qu'elle était. L'abandon est devenu sa plus grande peur. Elle pense souvent à lui, à ses conseils, à ses mots de soutien, et à tous ces moments où il la poussait à réussir. Elle a perdu en un an tout ce qui faisait d'elle, la femme souriante, jolie et battante qu'elle était. Il lui reste qu'une colère immense, quelques kilos et l'idée que plus rien ne vaut la peine.
Sans un bruit, elle se glisse du fauteuil qui craque sous son poids plume. Elle est tellement légère à cause des 14 kilos qu'elle a perdus depuis son deuil. En boule au fond de son lit, elle essaie de faire taire ses pensées et finit par s'endormir.

Le lendemain, sous un temps aussi maussade que ses pensées, sa journée commence. Une journée banale, Rose enfile des vêtements traînant sur une chaise, un jogging gris et un t-shirt font l'affaire, attache ses cheveux ébouriffés par la nuit passée. Elle monte en voiture se dirigeant vers le petit magasin du coin pour faire deux-trois courses de dernières minutes.

Arrivée devant, elle se gare prête à sortir, par les vitres poussiéreuses du magasin elle aperçoit un visage familier, en un regard elle se figea net. Rose s'analyse dans le rétroviseur central.

- Je ne peux pas le croiser comme ça ! -

Elle s'arrange comme elle peut, replaçant quelques mèches frivoles derrière ses oreilles, souffle tout l'air venant du plus profond de son corps et fonce tête baissée. En rentrant, elle le voit… Rico est devant elle juste à la caisse attendant patiemment son tour. Lui ne l'a pas encore remarqué. Elle attrape les bricoles qui lui fallait et se dirige pour payer. Il se trouve à quelques mètres devant elle. Leurs regards se croisent. Les yeux marron-verts, ses cheveux bruns sont dégradés à l'espagnol, elle l'observe. Face à lui seul un sourire niais apparaît sur le visage de Rose. A peine payée, elle fonce à nouveau droit dans sa voiture, démarre au quart de tour et prend la direction de chez elle.

Elle repense à tous les moments passés avec ce garçon, sa façon bien à lui d'avoir toujours été là. Après tout, même s' ils sont sortis ensemble, ils ont su aussi être amis pendant longtemps. Un message ne mène à rien, ça ne coûte rien d'essayer. Elle a besoin d'une personne en qui elle a confiance, et c'est Rico qu'elle a choisi. Elle a tellement besoin d'avoir une personne de confiance près d'elle et c'est lui qu'elle a choisi.

***

Elle y a pensé toute la journée, avec le peu de courage qui lui reste, elle prend son courage à deux mains, l'ajoute et ennuie.

3

Salut, désolé de te déranger, je sais que je
t'envoie un message comme ça alors
que tu sais même pas qui je suis. Comment tu vas ?

Et oui le courage n'est pas si grand, de plus il ne faudrait pas que cela revienne aux oreilles de Bryan. Les secondes, les minutes sont longues après ça.

- Et si je regrette... Et si c'était une erreur... Il ne comprendra même pas si je lui dit que c'est moi. -

Assis au fond du canapé, emmitouflé dans une couverture, elle attend. Toujours dans ses pensées, elle cogite. Pourquoi a-t-elle autant besoin d'une réponse... Rose n'attend rien de lui, juste sa présence car sans qu'elle puisse l'expliquer totalement, en lui elle a confiance. La sonnerie de son téléphone retentit. Une réponse apparaît sur l'écran. Rose attend quelques secondes pour ne pas se montrer trop impatiente et ouvre le message, le sourire aux lèvres.

Salut, on se connaît ?

Oui oui, on se connait bien toi et moi,
mais je préfère rester anonyme. Si ça ne te
dérange pas.

J'aimerais bien savoir à qui je parle et
pourquoi tu m'envoies un message aussi.

Rose connaît très bien que prendre le risque de lui révéler son identité pourrait lui créer des problèmes de grande ampleur, surtout si cela revient aux oreilles de Bryan.

Te dire pourquoi ça je peux, si je t'ai ajouté c'est parce que en toi j'ai confiance et être entourée de personne en qui je peux avoir confiance c'est ce dont j'ai besoin en ce moment.

Elle se rappelle très bien de l'époque où ils se parlaient, sept ans sont passés depuis mais pourtant Rose espère que rien n'est changé entre eux. Leur histoire était tumultueuse mais qu'importe les disputes et insultes qu'ils pouvaient se balancer, Rico a toujours été présent pour Rose, toujours présent pour la défendre ou la protéger. Rico et elle pouvaient se voir pendant des heures assis chacun dans un fauteuil à discuter et rire du monde, de l'univers sans même se rendre compte que parfois cela durait parfois jusqu'à des trois à quatre heures du matin. Elle se rappelle toujours de chacun des moments passés avec, les entraînements de football auxquels elle assistait avec des petits gâteaux qu'il lui amenait; les matchs où parfois il finissait par vouloir se battre, les après-midis film où il regardait toujours la même chose après tout quoi de mieux qu'un bon "Pirates des Caraïbes", des moments où il l'a rejoignait juste pour qu'elle puisse avoir de quoi fumer parce que pour lui c'était hors de question qu'il arrive quoi que ce soit à la "petite portugaise" comme il aimait bien dire. Cela serait mentir pour Rose de dire qu'elle ne compte pas sur lui pour se sentir mieux car elle a été abandonnée par tout le monde, même les gens présents dans sa vie.

Rico rigole et force pour savoir quelle personne se cache derrière cette fausse identité. Réclame des indices, demande une photo, tout ce qui pourrait lui apporter une réponse, il donne des noms, puis affirme bêtement qu'il sait que c'est Rose parce qu'il l'a croisé et puis aussi qu'elle est assez folle pour faire ce genre de choses. Après avoir essayer de nier, elle finit par céder, lui avoue qu'en effet c'est bien elle, lui explique brièvement la situation et change de sujet. De là, l'échange est inarrêtable, tous les thèmes sont rapidement abordés. La drogue aussi. Un rendez-vous est aussitôt mis en place, afin de juste fumer un petit joint en toute amitié bien sûr.

CHAPITRE 2.

Ils ont parlé jusqu'à tard dans la nuit, l'arrivée de Bryan n'a en aucun cas modifier le comportement de Rose face aux messages de Rico. Bryan endormi dans le fauteuil, elle est partie se coucher seule une fois de plus, continuant d'échanger avec lui un long moment avant de s'assoupir.

Il est passé neuf heures quand elle se réveille, Bryan lui est déjà parti travailler très tôt le matin. Elle attrape son téléphone, les yeux encore collés lui pique face à la luminosité de l'écran. Elle bascule de compte sourire aux lèvres prêtes à avoir des nouvelles et de voir si comme convenu ils allaient se capter dans l'après-midi. Il y a une heure, Rico a envoyé une photo, monsieur est à la salle une nouvelle passion visible sur réseaux sociaux.

> Motivé, dès le matin à ce que je vois !
> Perso je compte seulement sortir du lit là !

Sa réponse fut instantanée, comme s' il attendait son message avec impatience.

Toujours, je suis à la salle depuis 7h,
on va rentrer là avec Emile.

Ah oui quand même, 2 heures de
salle tu vas avoir mal partout toi.

Je rentre c'est douche, et petite sieste
jusqu'à midi. Toujours bon, pour que cette
aprèm on s'en fume un ?

Oui oui sans soucis, à quelle heure ?
et on se met où ?

Bah écoute 14h30, chez moi
c'est bon pour toi bg ?

Oui parfait, on fait ça, faut
juste pas qu'on me voit.

Rose est stressée à l'idée de le revoir vraiment après autant d'années, et en plus en cachette, c'est pas dans son habitude. Elle a toujours cru en l'amour véritable avant de se rendre compte que ni les contes de fée ni les princes charmants n'existent. Ce qu'elle veut aujourd'hui c'est juste faire ce dont elle a envie au moment présent sans se soucier du reste. Et oui, la mort et le deuil nous apprennent que la vie est trop courte pour avoir des regrets.
La matinée a passé à une vitesse, elle a enfilé un jean bleu clair, un pull noir simple et sa paire d'air force, s'est maquillé simplement un peu de mascara pour faire ressortir ses yeux bleu-verts, parfumé par le Kenzo "Jeu d'amour". Elle a pris le temps de préparer ses cigarettes en avance. Elle observe son reflet dans le miroir et attend que les dernières minutes passent afin qu'il soit enfin l'heure de leur retrouvaille. Rose appréhende ce moment plus que tout…

- Il est l'heure, faut y aller Rose. Qu'est ce que tu fais ? vraiment en un coup d'œil. Tu vas vraiment aller fumer un pétard avec Rico. Et si tout avait changé entre vous, tu aurais pris autant de risques pour rien. Après tout c'est plus fort que toi -

Elle met son casque sur ses oreilles afin d'être accompagnée de douces musiques le temps du trajet, ferme sa porte à clé et le prévient de son départ. Ils habitent à 3 minutes à peine l'un de l'autre, mais en 3 minutes elle peut en croiser du monde. Tête baissée, elle traverse une rue après l'autre avant d'arriver devant sa porte toute tremblante. Elle frappe.

Rico lui ouvre la porte avec un large et beau sourire. Elle entre avec un sourire discret et assez gêné.

- Qu'est ce que tu fais la toi ? Et si on m'avait dit que tu viendrais en fumer un, avec moi un jour. *se moquant d'elle.*

Ils vont tous deux s'installer dans la cabane au fond du jardin. Elle observe l'environnement rempli de souvenirs de leur fourire, de leur bêtise. Il est calme, essaie de la mettre à l'aise, puis se met à rouler la raison de ce rendez-vous dangereux. Rose observe chacun de ses gestes, il est assis juste en face d'elle, il est concentré autant sur le tabac qu'il place dans la feuille que sur elle. Elle est gênée, face à la prestance qu'il dégage. Un coup de briquet, la pierre déclenche une jolie flamme, une fumée blanchâtre se libère laissant une odeur de chanvre. Ils bavardent. Rico s'excuse pour la douleur qu'elle a pu ressentir après le décès de son oncle. Il l'avait appris quelques jours après son décès mais n'avait pas osé lui envoyer un message pour lui présenter ses condoléances. Elle souffle un bon coup et met en avant tout ce qu'il représentait pour elle. L'importance qu'il avait dans sa vie, la douleur et la colère après son départ. Il l'écoute attentif, compréhensif, il se met à son tour à décrire la douleur ressenti après avoir perdu son grand-père depuis seulement quelques mois.

- Tu sais Ro, moi aussi je suis en colère, j'ai eu mal, j'ai mal depuis son départ. Mais il aurait voulu quoi ton oncle ? Que tu vis à fond, n'oublie jamais qu'il est fier de toi. Qu'importe où il est, il veille sur toi. Et je suis sûr qu'il est présent près de toi à chaque moment où tu as besoin de lui. Il a de quoi être fier, tu continues tes études, tu fais tout pour avancer. *Son regard devient plus sombre, plus douloureux.* Regarde moi après son départ, j'ai fait qu'enchaîner les erreurs, je me suis perdu dans la drogue, la colère. Tu es forte toi, n'abandonne jamais, tu es capable de grande chose.

Les mots s'enchaînent sur ce sujet sensible qui fait mal, Rose n'en avait jamais vraiment parlé, peur de ne pas se sentir comprise, ou encore de se sentir juger sur la manière sombre de voir son départ comme un abandon. Une bulle, une atmosphère légère se met en place. C'est la première fois depuis que son oncle est parti qu'elle se sent réellement écoutée à ce sujet. Rico montre un réel intérêt sur le fait qu'il est présent si elle a besoin d'en parler, au fond peut être que même à lui ça lui fait du bien de se sentir en adéquation avec quelqu'un qui a vécu la même chose, un décès et un deuil compliqué. Il finisse cette discussion avant d'entamer mille et un sujets différents, à vrai dire il s'en est passé des choses dans leur vie en sept ans, le temps perdu est à rattraper, tout en fumant et en riant des souvenirs.

Rose ne s'était peut être pas trompé au fond, même des années sans n'avoir eu aucun contact, leur relation reste la même. L'après-midi est passé à une vitesse monstre comme si, ils ne s'étaient vus qu' une heure à peine. Mais pour elle, il est l'heure de rentrer avant que Bryan s'aperçoive de son absence. Les yeux rouges, la tête retournée par la consommation inhalée et ce moment passé, elle arrive chez elle. Rose s'affale dans le fauteuil attendant qu'il rentre du travail.

T'es bien rentrée ? Ça m'a fait plaisir
de te voir bg. Quand tu veux, on refait ça !

Oui oui bien rentrée, moi aussi le
temps a passé super vite. On peut se revoir
la semaine prochaine si tu veux après ton week end !

Super ça, façon tu sais bien hein,
si Bryan n'est pas à la hauteur je suis là
pour reprendre son rôle mdr !

T'es drôle toi, j'ai besoin de personne.
Je suis une femme indépendante, oublie pas.
Tu pars à quelle heure pour Paris ?

Je rigole ma femme, t'inquiète pas !
Je pars vers 20h, Emile passe me prendre.

- "Ma femme" il me fait bien rire, on change pas un disquetteur apparemment. Je sais bien que c'est juste pour me taquiner mais il aime vraiment trop jouer celui-là comme à l'ancienne. En vrai quand on y repense bien, y a rien qui a changé, ensemble nous sommes pareil, on a mûri c'est sûr. L'impression que la distance des années n'a eu aucun impact. En un regard je pourrai lui livrer mon âme, mes peines, mes douleurs les plus profondes, sans aucune gêne, aucune honte, comme si cela était d'une logique folle. C'est absurde d'apporter autant de confiance à une personne perdue de vue depuis si longtemps. -

Le week-end risque d'être long pour Rose alors qu'elle a à peine retrouvé Rico, elle ne va pas pouvoir répondre comme elle le souhaite avec Bryan dans les parages, en plus de ça ils fêtent les douze ans de sa petite sœur Lya. Pour Rose, Lya est bien plus que sa belle-sœur, elle l'a considère vraiment, elle l'a élevé comme sa propre fille. A vrai dire l'avoir eu dans sa vie lui a énormément apporté d'autant plus face à l'absence permanente de Bryan. Rose a souvent tendance à dire que sans cette petite, jamais elle n'aurait su faire fonctionner son couple aussi longtemps. Alors malgré l'amour immense qu'elle porte à cet enfant, elle cherche désespérément la solution qui lui permettra tout de même de pouvoir répondre à Rico parce que ses bêtises, ses mots lui permettent de se sentir bien.

Bryan est rentré, il est passé neuf heures, marrant pour un homme finissant le travail à dix-sept heures. Elle reçoit une vidéo, Rico est sur la route pour un week-end à la parisienne, quoi de mieux pour un supporter du Paris Saint Germain ? Lors de leur rendez-vous, il lui avait expliqué tout excité qu'il allait visiter le stade, se promener dans la ville. Emile et lui ont réservé un petit logement de quoi profiter dignement de leur week-end. Pendant ce temps, enfermée dans sa prison dorée, Rose décide de ne pas prendre la peine de se disputer une énième fois de plus avec Bryan et son arrivée plus que tardive et décide vite d'aller se coucher.

Le lendemain, d'un réveil plutôt matinal, Ro se précipite sur son téléphone afin de savoir s' il était bien arrivé à destination cette nuit. Rico lui a envoyé une vidéo, fier, il fait ce qu'on appelle un room tour du logement à travers le miroir de la salle de bain, Rose aperçoit sur son visage un bonheur monstre.

> Contente que tu sois bien
> arrivé ! Profite à fond !

Il ouvre instantanément, une nouvelle photo est envoyée de Rico.

Elle ouvre et aperçoit une photo peu habillée qui laisse apparaître chaque trait d'un corps musclé. Elle observe curieuse ses épaules dessinées, les veines de ses bras ressortant, les différentes lignes traçant un torse bombé par ses pecs et ses abdos. Elle a beau lutter, cette attirance est présente. Elle regarde une dernière fois en détail, les lignes sombres de ses tatouages se mêlant aux traits de son corps.

- Que répondre à ça... Il joue avec moi, de la séduction ? Vraiment ? Il cherche à connaître mes limites -

Bien musclé ! La salle, ça paye bien gros !

- Du genre, tu es marrante, tu te vois pas là, Ro tu baves ! Ta phrase est ridicule, tu te mens, il t'a toujours plu... Rappelle-toi, au foot tu te mettais derrière juste pour regarder ! Et puis merde bien sûr qu'il est canon... Mais pourquoi t'envoyer ça si son but n'était pas de te plaire...-

Bonne journée Co.
Bonne journée Ro, fais attention à toi.

Rose sait pertinemment qu'elle ne pourra pas vraiment lui parler aujourd'hui, le week-end c'est compliqué. La journée se passe, Rose organise l'anniversaire de la petite de manière méticuleuse, afin que cela approche de la perfection. La fête commence par un accueil à base de confettis, les rires et la folie se mettent à résonner, la musique et les danses sont prêtes à être lancer. Elle évite Bryan depuis le début de soirée, l'abandonne à la table des grands et s'installe avec Lya, Giu sa filleule, Amaru son cousin et Nick son meilleur ami pour profiter au mieux de sa soirée sans voir Bryan enchaîner les verres par l'un après l'autre. Elle chante, danse et rit aux éclats. Arrive la notification de Rico, discrètement tout en continuant de s'amuser avec tout le monde, elle prend le temps de lui répondre.

- Et puis merde. -

Salut bg, tu t'amuses bien ?

Oui super et toi le parisien ?

J'ai passé une journée de fou ma femme !
Là on est rentré à l'hôtel, on est
posé avec de quoi boire et fumer.

Arrête de m'appeler comme ça, à
jouer avec le feu tu vas te brûler.
Tant mieux, contente que tu t'amuses, profite bien.

Tu as peur de jouer, peut-être ?

Non, de toute façon j'ai bu et fumé ce
soir, tout ce que je pourrai te dire
je m'en rappellerai plus demain.

Ah bon ? Dis moi tout alors.

Rose se décide, peut être sur un moment fou, peut être le fait que son humeur fut bonne. Elle décide de se livrer à des jeux dangereux, que lui lance Rico, le pouvoir de la séduction est trop important.

- Après tout c'est lui qui l'a bien cherché ce matin avec sa photo. -

CHAPITRE 3.

Tu me cherches, joue autant que tu
veux Co, les mots ça ne vaut rien quand
il y aura des actes nous verrons qui va bégayer.

Je compte pas seulement
parler si j'en ai le droit.

Elle s'imagine les choses innombrables que leurs corps, l'un contre l'autre, seraient
capables de faire. Son corps musclé prenant emprise sur le sien, ses lèvres
effleurant son cou. Les battements de son cœur accélèrent.

Que ferais-tu si je te donnais ce droit ?

Je te laisse le découvrir par toi-même.

Et si elle le laisse lui faire découvrir ? Rose sourit, un sourire complice, presque
joueur. Le jeu l'amuse énormément. L'attraction physique entre eux est devenue
une force indomptable, trop intense pour qu'elle puisse résister. À chaque instant

qu'ils passent à discuter, l'envie de jouer à ce jeu dangereux grandit en elle, qu'importe les risques qu'elle prend simplement pour lui répondre. Elle est consciente de l'ambiguïté qui plane entre eux, mais cela ne fait qu'ajouter à l'excitation.

Le week-end se termine dans une ambiance plutôt calme, ponctuée par leurs échanges taquins. Rico et Rose continuent à jouer leur éternel "jeu de chien et chat", un équilibre précaire entre séduction et distance. Elle feint l'ignorance, refusant de se souvenir de cette conversation chargée de désirs inavoués. Préférant jouer l'amnésique, elle cache derrière ses sourires les mots brûlants échangés plus tôt.

Puis vient la proposition de Co, qui lui propose de se revoir ce lundi. Cette idée la ravit malgré elle. Un léger malaise persiste en elle à cause des sous-entendus et des phrases qu'ils ont prononcées, mais cela ne suffit pas à freiner son envie de le revoir. L'excitation d'une nouvelle rencontre éclipsant peu à peu la gêne ressentie.

Dans son quotidien discipliné, Rico se lève comme à son habitude à 6 heures précises. Le sport est une priorité pour lui, ses muscles ne s'entretiennent pas seuls. Chaque matin, il se lève à l'aube, prêt à consacrer des heures à parfaire son corps, à faire taire l'agitation intérieure. Pendant ce temps, Rose, plus paresseuse, se laisse aller à la douceur de ses draps. Elle préfère profiter de la lenteur du matin, laissant le soleil grimper jusqu'à son zénith avant d'enfin se décider à sortir du lit. Le contraste entre leurs deux rythmes de vie ne les empêche pourtant pas de se retrouver ce jour avec une envie grandissante de passer du temps ensemble.

Ils doivent se revoir aujourd'hui. Officiellement, c'est pour fumer, un prétexte simple et léger. Mais au fond, tous deux savent que quelque chose de plus pourrait se passer. Les mots échangés auparavant flottent encore dans l'air, non résolus. La tension est palpable, comme une corde tendue prête à se rompre. Ils savent que ce jeu de séduction pourrait enfin dépasser les mots, mais qui osera franchir la ligne en premier ?

***

- Il faut que tout soit parfait -

Rose choisit sa tenue, un cargo beige, un petit top noir, un ensemble blanc cassé, de quoi se sentir attirante si tout vient à dérapper.

- Il faut que tout soit parfait -

Rose prend un bain, retire toute trace de pilosité, applique sa crème corporelle vanillé, " crunch" ses cheveux laissant dessiner ses boucles une par une et se maquille légèrement.

- Il faut que tout soit parfait -

Elle se regarde une dernière fois dans le miroir. Son reflet lui renvoie une image hésitante, mais elle sait qu'il est temps. Le rendez-vous approche, Rico l'attend déjà. Elle ajuste son casque, les premières notes de musique s'insinuent dans ses oreilles, enveloppant son esprit d'une douce mélodie. Le monde extérieur s'efface presque alors qu'elle quitte sa maison, les rues calmes de la ville défilent sous ses pas rapides. Le vent léger caresse sa peau, la ville semble en suspens, comme si tout attendait ce moment particulier.

***

Ils se retrouvent dans sa chambre, cette fois. L'atmosphère y est presque intime, une chaleur tranquille imprègne la pièce. La lumière filtrée par les volets à moitié fermés laisse passer quelques rayons dorés qui dansent sur les murs, projetant des ombres douces. Une musique discrète tourne en fond, suffisamment présente pour briser le silence, mais pas assez forte pour s'imposer. Ils sont assis tous les deux à une extrémité du lit, l'un en face de l'autre. Leurs regards se cherchent, se trouvent, une tension légère flottant dans l'air, une énergie palpable.

La drogue s'installe doucement, elle aussi, dans la pièce. Ses volutes remplissent l'espace, accompagnant leur rapprochement progressif. Ils échangent des taquineries, se provoquent, leurs rires masquent à peine ce désir qui grandit, étouffé mais évident. Les jeux se transforment, des contacts se multiplient : des chatouilles, des petites tapes, comme des prétextes pour réduire la distance entre leurs corps. Ils savent ce qui va venir, c'est inscrit dans leurs regards, dans la manière dont leurs mains se frôlent, plus assurées, plus insistantes.

-   Arrête, j'aime bien quand tu me touches comme ça, *murmure-t-il, et Rose, d'abord gênée, détourne les yeux un instant avant de revenir à lui.*

Leurs regards se croisent encore, une fois de trop. Cette fois, il n'y a pas de retour possible. Sans un mot, comme s'ils s'étaient compris depuis toujours, leurs lèvres se rencontrent. C'est doux, presque hésitant, puis plus pressant, plus intense. Leurs corps se rapprochent avec la même urgence, cherchant ce contact devenu indispensable. Ils ne peuvent plus résister à l'envie de recommencer encore et encore, chaque baiser plus tendre, plus profond. Rose sent les battements de son cœur s'accélérer dans sa poitrine, chaque pulsation résonne à l'unisson de leurs étreintes. Rico l'attire plus près de lui, ses mains fermement ancrées à ses hanches. Une vague de désir l'envahit, impossible à refouler.

Il la regarde dans les yeux, cherchant une réponse silencieuse.

- T'es sûre ? *lui demande-t-il.*

Elle hoche la tête, incapable de formuler les mots, mais son regard dit tout. Elle n'a qu'une seule envie, qu'il la prenne, qu'il l'emmène là où elle veut aller, qu'elle sente chaque mouvement de son corps contre le sien. Rico retire son haut d'un geste précis, faisant glisser doucement son cargo trop large avant de poser ses mains sur ses fesses, avec une fermeté qui la fait frissonner. Il la plaque contre le mur, son regard empreint d'une intensité nouvelle, une volonté qu'il ne dissimule plus.

- J'attends ça depuis sept ans, *lui confie-t-il dans un souffle presque inaudible.*

Elle sourit, un sourire complice, avant de s'accrocher à lui, ses ongles effleurant la peau de son dos, provoquant chez lui un léger gémissement. Ce son l'excite encore plus, la rassure dans l'idée qu'ils sont en phase, que leurs désirs se répondent. Ils échangent un baiser brûlant, et Rico la soulève pour la déposer sur le lit. Elle sait parfaitement ce qui l'attend. Son cœur bat à tout rompre alors qu'elle l'observe se rapprocher. Il se penche au-dessus d'elle, l'embrasse délicatement avant de descendre lentement sur son cou. Elle frissonne à chaque baiser, à chaque caresse. Il parcourt son corps avec une douceur infinie, et chaque contact semble allumer en elle une nouvelle étincelle, une sensation de brûlure exquise.

Elle se tortille sous lui, impatiente, désirant qu'il passe à l'acte. Leurs corps s'alignent, peau contre peau, ils ne forment plus qu'un. Sa respiration devient plus rapide, plus haletante, tandis que leurs mouvements s'intensifient. Les coups de bassins de Rico sont plus profonds, plus appuyés, et leurs regards restent rivés l'un à l'autre. Il la fixe, elle le sait, il veut voir son plaisir, il veut la voir se mordre la lèvre, retenir ce cri qui monte en elle, ce cri qui porte son nom.

Lorsque tout s'arrête enfin, épuisés et nus, ils se retrouvent l'un contre l'autre. Le souffle court, leurs cœurs tambourinent encore contre leur peau. Ils savourent ce moment de calme, de répit, après avoir enfin assouvi ce désir qui les hantait depuis si longtemps.

CHAPITRE 4.

Allongés dans le lit, le temps est à la discussion. Rose se sent en sécurité, prête à se livrer. Son regard est attentif. Elle se met à nu une fois de plus mais d'une toute autre manière. Il est posé, concentré, soucieux de ses mots, de ses émotions.
C'est la première fois qu' elle se sent capable d'en parler, parler de tout ce que Rose a pu ressentir, ces nombreux moments durs traversés depuis le décès de son oncle.

- Je ne sais pas pourquoi mais je pourrai lui livrer tout le plus profond de moi, je sais que lui ne me jugera pas. -

Elle a le cœur serré à revivre ses moments dans sa tête. Elle a tout porté sur ses épaules, souriait bêtement face à la pitié des gens. Tout le monde comptait sur elle, oubliant qu'elle souffrait aussi. Elle a tout donné parce que pour elle, sa douleur n'était pas une priorité, on comptait sur elle. C'est tout ce qui l'importait. Puis un jour, elle s'est rendu compte que son corps était en train de mourir, elle l'avait abandonné. Rose a perdu 10 kilos, ne dormait plus mais ce qui l'a fait réagir c'est pas ça non.

-   Ce jour-là, je m'en rappellerai toujours. Je me pensais forte tu sais, assez forte pour me laisser submerger par tout le reste jusqu'à ne plus exister. Je rentrais de mon stage, le soleil éclairait la longue route devant moi, la brise d'air chaud caressait ma peau par la fenêtre, la douce musique résonnait tellement fort à travers les basses. C'est là que l'étincelle a atteint mon cerveau, j'ai regardé le fossé fixement et je me suis dis un simple coup de volant et tout s'arrête. Là je ne souffrirai plus, mais ma raison a repris le dessus, on a besoin de moi et je ne ferai jamais ça aux personnes que j'aime alors je suis restée là et je souffre encore.

-   Tu sais Ro, tu n'as pas de honte à avoir. Moi, depuis le décès de mon grand-père, je me suis vu mourir plusieurs fois. Mais de ce que tu peux me dire de tonton, votre complicité, ton oncle est fier de toi parce que tu es quelqu'un d'incroyable. Et n'oublie jamais qu'il veille sur toi à chaque moment.

-   J'ai tellement de colère, de haine en moi depuis qu'il est parti. Je suis en guerre contre l'univers si tu savais… Quand on m'a retiré mon grand-père, j'étais déjà en colère car c'était un autre monde, il faisait partie de ma bulle, celle où j'étais en paix et maintenant on retire mon pilier, mon confident. Pour le peu que je m'attache, on m'abandonne.

-   Ro…

Le regard plein de certitude, il reprend.

- Je sais bien que tu en as souffert et que tu en souffriras encore. Mais quand je t'ai entendu en parler, il t'apportait de la joie, du soutien et il a été là pour toi. C'était quelqu'un de formidable. Et je suis sûre d'une chose que tout que son seul but était ton bonheur, ce qu'il le préoccupait était ton bien-être. C'est toujours le cas, alors s'il te plait penses-y à chaque fois, dit toi "Qu'est ce qu'il me dirait s' il était là ?" Je pense qu'il est fier de toi, d'où il est, il sait que tu vas t'en sortir parce que tu lui a toujours prouvé, alors continue comme ça.

Les mots de Rico touchent si fort Rose que son cœur se serre à ne plus respirer. Ses larmes atteignent presque ses yeux. Elle les ravale. Et sourit, touchée par sa tendresse, le fait qu'il l'a comprenne.

- Il a raison... Tonton, c'est lui ma force... Je suis qui je suis grâce à lui.-

Elle peut lire sur son visage sa peine sincère, son regard est doux.

- Je peux te poser une question Ro ?

- Oui dis moi. elle s'interroge.

- Et Bryan ? Tu n'es pas heureuse avec ? Je te connais, tu n'es pas ce genre de fille. Tu ne trompes pas. Tu donne tout, tout pour tout le monde mais là tu n'es pas heureuse. Si tu l'étais, tu ne serais pas là. Je vais pas te mentir, je suis content que tu sois là et quant à lui je m'en fous. On est pas pote lui et moi... mais j'ai besoin de comprendre qu'est ce qu'il t'a fait pour que tu en sois là. Sans même connaître l'histoire, je sais déjà que tu mérites mieux. Je peux te dire, je pense pas qu'il te voit à ta juste valeur.

Rose, un peu gênée même intimidée devant la manière dont il l'a mis en avant. Cette personne qui décrit comme celle qu'elle représente, elle ne se voit pas de cette manière. Cherchant la manière de lui expliquer pourquoi avec Bryan, elle en est arrivée là.

-   Je sais que ma relation est arrivée à terme, il y a eu trop de cassures.

Elle survole brièvement la complexité de cette relation. Chose qu'elle ne parle jamais de cette manière, toujours à sourire bêtement devant les gens, à montrer l'image d'un couple parfait. Elle ne fait part que de l'alcool, les interdictions, l'absence de soutien et de compréhension c'est déjà pas mal pour elle. Elle parle de la famille de Bryan, celle qui s'acharne sans cesse, un harcèlement psychologique à ce degré.
Rico, face à ça, a eu un regard totalement différent, plus sombre.

-   Non mais je sais. Les choses vont changer.

Le temps est passé tellement vite. Rose a dû partir sans avoir pu terminer cette conversation libératrice. A peine parti, son téléphone vibre.

J'espère que tu ne regrettes pas...
Ce qu'il sait passé.

Elle sourit.

Non, pas le moindre du monde, j'ai juste fait
ce dont j'avais envie. Je n'ai rien à regretter.

Tant mieux, fais attention à toi...
Tu me bipe si il y a quoi que ce soit.

Une boule au ventre lorsqu'elle arrive chez elle. Elle s'est habituée, douche, repas et dormir. C'est plus simple comme ça, l'éviter est la meilleure solution que Rose a trouvé jusqu'à présent

***

Chaque jour qui passe, elle attend l'après-midi, son seul moment de la journée où elle peut être elle-même. Entre tendresse, sexe, et énormément de communication. Et si c'était son aire de paix ? Rose se sent bien lorsqu'elle pose sa tête sur sa poitrine se laissant apaiser par les battements de son cœur. Le soir parfois, elle arrive à s'échapper pour le rejoindre, la présence de Co libère une énergie positive chez Rose. Elle se sent mieux, alors une bulle intemporelle où le monde extérieur n'existe plus. Ils parlent, fument, rient une bonne partie de la nuit.

Ce soir-là, Bryan n'est pas de cet avis, Rose s'apprêtait à sortir lorsqu'il se met littéralement à vriller. D'après lui elle sort trop le soir, et là c'est hors de question qu'elle sorte un soir de plus.

> Je suis désolée Co, je vais pas pouvoir venir ce soir. Il a pété un câble...

Hum, très bien. Bah bonne soirée.

> Désolé bisous, bonne nuit on se voit demain.

Rose est assez contrariée face à l'idée que cela ne se passe pas comme elle l'avait décidé. Elle décide donc d'aller se coucher, elle enfile son pyjama qui idéalise son dessin animé préféré. Son cœur d'un coup s'emballe lorsqu'elle ouvre son compte et voit que Rico l'a supprimé. Elle perd le contrôle.

- Et si juste il s'en allait comme ça ? Pourquoi il me ferait ça ? Il me dit "bonne nuit" et me supprime ! Je vais péter un plomb -

Son cœur s'accélère, il lui est impossible de réfléchir. L'idée de perdre Rico lui est inconcevable. Ni une ni deux, elle se cache et téléphone à Oscar, son petit frère.

- Tant pis quitte à me mettre dans la merde, faut que je le vois tout de suite -

- Allo ! Oscar j'ai besoin de toi ! Si on te demande je dois te rejoindre c'est urgent ! Bipe Co, dis lui que je l'attends comme d'habitude.

Il acquiesce et dit vouloir des explications plus tard.
Arrivée au banc, elle attend. Son cerveau surchauffe entre colère et nostalgie: sa peur de perdre Rico, cette personne qui lui apporte tant de joie, en qui elle a tellement confiance. Il l'a rajouté sûrement grâce à Oscar.

Meuf pourquoi ton frère m'a bipé ?
Ça ne sert à rien qu'on se voit.

Je suis au banc, je t'attends.
Je ne bougerai pas de là.

Je suis énervé, ce n'est pas la peine.
Cette situation me saoule. Et maintenant
Oscar sait qu'on se voit je veux pas que tu
as de problèmes à cause de moi.

Tu n'as pas le droit de me supprimer
comme ça. Je sais ce que je dois faire,
de toute façon c'est toi qui à ma consommation
donc tu n'as pas le choix de me l'apporter.

Je viens. J'arrive. Je te donne ta drogue
et je rentre. Je veux pas parler, ça sert à
rien je suis énervé.

Je ferai avec.

Posée dans la voiture, Rose aperçoit au loin dans le rétro central une ombre masculine approchant flash en main. Sa démarche est dure, sûrement comme la colère qui brûle en lui. Elle commence à stresser en le voyant s'approcher de plus en plus. Il s'assoit à côté d'elle. Le regard évasif, le visage fermé sans un bruit. Elle observe chaque détail, chaque expression de son visage, de son corps.

- Je t'interdis me supprimer ! Tu peux pas faire ça, encore moins sans explications.

- Je suis énervé, je t'aurai rajouter demain. Je voulais pas te dire des choses sous la colère. Eh Ro tu sais pas toi quand tu me dis qu'il te parle mal tout ça, je suis à deux doigts de venir lui en coller une. Jamais je laisserai quelqu'un te manquer de respect.

- Ne le calcule pas, je sais très bien comment le gérer. Regarde je suis là non ? Plus jamais tu ne me supprime, tu ne sais pas dans quel état ça peut me mettre. Je ne gère pas l'abandon depuis son décès…

- Façon ça y est il a gardé ma place pendant 5 ans mais je suis là maintenant il peut dégager.

Elle le regarde et rigole. Son côté aigri, sa façon de lui montrer qu'il veut la place dans sa vie, elle trouve ça mignon.

-   Mais tu m'as vraiment inquiétée Co... Je suis partie tellement vite... Regarde, je suis là devant toi en pilou-pilou Stitch.

-   Ca te va bien, j'aime bien quand tu es en pyjama Stitch ! Allez viens me faire un câlin !

Rose passe alors au-dessus du pommeau de vitesse et s'assoit sur Rico, elle cale sa tête dans son cou se laissant bercer par son parfum envoûtant. L'étreinte de Rico se resserre un peu plus contre elle, aucun bruit ne les entourent, dans l'obscurité totale seul les douces lumières des étoiles les éclairent. Après un long moment d'apaisement, ils décident d'aller à travers champs au "repère" pour pouvoir fumer tranquillement sans le moindre risque de se faire repérer par qui que ce soit. Une fois garé, feu éteint, il déclare le joint. Rose lance une musique de fond. La tension est redescendue, l'odeur d'herbe s'est installée. Après un petit moment à bavarder, elle décide de repasser par dessus, il recule le siège au maximum pour lui laisser la place nécessaire. Elle se retrouve alors de nouveau sur ses genoux, leur contact lié aux effets de la drogue apporte un apaisement, une sorte de soulagement qui les mettent tous deux dans une sphère faisant tout disparaître même le bruit du vent qui s'engouffre à travers les fenêtres de la voiture. Le regard de Rico n'est plus aussi vide qu'il pouvait l'être tout à l'heure, il se remplit petit à petit de désirs. Les yeux de Rico passent du regard bleu de Rose rougit par ce joint tout juste consommé à ses lèvres doucement rosées. Elle le voit faire, elle aime le voir la vouloir comme si cela allait être la dernière fois qu'il posait ses yeux sur elle. Face aux yeux désireux de Rico, elle ne peut résister.

Elle s'empresse donc d'écraser ses lèvres sur les siennes. Ce qu'elle aime par-dessus tout avec lui est que chaque baiser est différent, chaque contact a sa particularité, comme s'ils se découvraient à nouveau. Leurs langues s'entremêlent, humides et chaudes. Elle ressent chacun de ses doigts s'agrippant à elle. Rico, les yeux brûlants la dévore déjà. Il perd peu à peu le contrôle à chaque fois qu'elle pose de nouveau ses lèvres pour lui suçoter le cou. Une fois de trop pour lui, il retire une à une les différentes parties du pyjama qui habillait Rose juste avant de la faire basculer sur le siège conducteur. Rico passe au-dessus d'elle marquant sa domination sur le corps nu de Rose qu'il embrasse de tout part. Elle frissonne sous le souffle chaud qui caresse sa peau. On peut entendre Nekfeu " Au cœur du G " entre les deux souffles qui accélèrent. Dans l'obscurité de la nuit, juste éclairée par la douce lueur provenant de la lune et des étoiles, la passion se fait ressentir. Dans un élan de folie, un moment particulier, elle décide de rendre réel un souhait particulier dont Rico lui avait fait part. Elle se redresse souriant devant son incompréhension, l'embrasse tendrement avant de prendre le contrôle à nouveau, elle descend peu à peu jusqu'à arriver à son entre-jambe. Du bout de ses lèvres, au bout de sa langue, elle le fait pénétrer dans sa bouche, toujours un peu plus loin. Les gémissements provenant de Rico sont durs, il résiste. Ces sons poussent Rose à donner encore plus, pourtant elle déteste faire ça mais là elle prend un mâlin plaisir à le sentir se raidir davantage contre sa langue. Il se tortille, elle adore ça. Arrivant au bout de son plaisir, il termine là juste en elle sous un dernier soupir de plaisir. Elle se relève, riant de le voir essayer de reprendre son souffle.

- C'était magique, tu fais ça si bien pour quelqu'un qui déteste ça.

- J'ai aimé te rendre fou en tout cas.

- Tu peux recommencer quand tu veux. *dit- il avec un sourire malicieux.*

Tous deux se marrent. Qui l'aurait cru les deux ensemble à travers champs à consommer leurs désirs ?

Oscar téléphone, il est déjà deux heures du matin, le temps passe si vite pour eux. Malheureusement ils doivent déjà se quitter. Elle doit rentrer avant que Bryan se mette hors de lui. Malgré son envie de rester là, elle finit par déposer Rico devant chez lui et s'empresse de rentrer. Bryan ne la calcule pas, alcoolisé il hurle de fou-rires avec son ami. Elle se glisse alors immédiatement au lit.

Ne me supprime plus jamais !

Je vais devoir recommencer, si chaque fois que cela arrive nous passons une soirée comme ça !

Non en vrai, je suis désolé. J'étais énervé et j'avais envie de te voir.

CHAPITRE 5.

Un jour ordinaire pour eux, pour ne pas changer leurs habitudes, ils sont retrouvés comme tous les après-midis. Allongés une énième fois de plus devant "Pirates des Caraïbes", ils se chamaillent une fois de plus. Ensemble, ils ont un jeu comme un petit duel pour savoir qui d'eux deux arrivera à épuiser l'autre avant. Mais à ce sujet, aujourd'hui c'est différent, Rico cherche plus qu'une petite victoire.

- Écoute, si je gagne, tu te libères un week-end rien que pour moi. Je veux t'emmener, te montrer un peu ce que tu mérites. On part rien que tous les deux avec restaurant, sortie et petit hôtel.

- Vraiment ? Ok je veux jouer si c'est moi qui gagne... On se fait une soirée chill à deux c'est moi qui organise. J'ai déjà des idées.

- On fait ça, pari-tenu.

Après s'être mordu de part et d'autre, s'être battu à n'en plus pouvoir. Le jeu prend forme, chaque atout est utilisé, c'est Rose qui gagne cette bataille. Elle est fière, même si elle trouvait ça mignon qu'il souhaite lui organiser un week-end. Dans son cerveau, les idées fusent, ce qu'elle veut c'est un moment simple où tout disparaît autour, elle se sent si bien comme ça. C'est toujours un moyen de plus de s'évader rien qu'avec lui.

Alors comme prévu dans les jours qui suivent Rose met tout en place, elle a tellement hâte. Pour Bryan, elle passe une soirée avec sa copine. Rose a conscience des risques qu'elle prend mais à vrai dire rien ne compte plus que le temps passé avec Rico.

Il est dix-neuf heures quand elle passe le prendre. Surpris lorsqu'il aperçoit l'arrière de la voiture, il sourit. Rose a transformé le coffre et les sièges arrière en lit douillet, éclairé par de jolies guirlandes et quelques bougies. Ils passent alors chercher à manger, ce sera un petit fast-food à emporter avant d'aller s'installer au bout d'un canal dans un jolie petit coin isolé où les étoiles sont visibles par l'obscurité dégagée. Sur l'enceinte, elle lance sa playlist du moment, ils savourent leur repas que Rico a insisté pour payer puis s'installent l'un contre l'autre à l'arrière. Rose apprécie les battements de la mélodie musicale qui résonnent autant que ceux du pouls sortant de la poitrine de Rico. S'enlaçant, les mains de Rose passent dans tous les sens dans ses cheveux doux. Bercés par ce moment agréable, plus rien n'existe autour d'eux.

-   Je peux choisir une musique. *interrogea Rico*

-   Je suis en mode hors ligne mais oui tu peux choisir bien sur !

Il cherche avec un peu de mal, avant de se retourner vers Rose comme si une étincelle venait de lui traverser l'esprit.

-   Tu as "Motel" de Ash ?

Surprise, Rose sourit.

- C'est une de mes chansons préférées.

Elle lance alors le son, elle résonne en douceur, une mélodie d'amour rendant ce moment d'autant plus magique.

- Je suis tellement bien que j'aimerai que ce moment ne s'arrête jamais -

Qu'elle l'accepte ou non, ces moments passés près de Rico sont de plus en plus précieux pour Rose. Et si cela devenait son quotidien ? Peut-être qu'elle serait enfin heureuse. Parce que oui quand elle est avec lui, elle n'a pas ce besoin de faire semblant de sourire, quand il est là toutes ses douleurs disparaissent. C'est sûrement le fait qu'il l'écoute vraiment, qu'il cherche toujours à la comprendre ou simplement le fait qu'il s'intéresse vraiment à elle.

Deux heures du matin, il est malheureusement l'heure pour eux de revenir à la réalité. La route du retour est calme, on n'entend que le moteur tourné. La déception de devoir à nouveau se lâcher pendant de nombreuses heures se lit sur leurs visages. Rose le dépose devant chez lui, Co l'embrasse et disparaît dans l'ombre. En rentrant, aucun bruit n'est présent dans la maison, pour son grand bonheur Bryan est endormi. Cela fait un moment maintenant qu'ils vivent comme simple colocataire. Son amour pour lui n'est plus là, il est mort, il a dépéri à petit feu. Elle rejette tout contact physique depuis bel et bien six mois maintenant. Parfois à laisser l'amour pourrir, il disparaît.

Les journées passent, toujours ce même rituel, l'évasion l'après-midi devient l'heure de paix de Rose. Chaque week-end une nouvelle torture, rien qu'à l'idée de savoir qu'ils ne se verront pas. Un vendredi comme un autre, Bryan avait convenu avec Oscar, ses meilleurs amis Tim et Lenzo et quelques copains une soirée en ce beau jour ensoleillé un barbecue avec alcool à volonté. Après s'être tous rejoint chez Rose. Tous ensemble, ils prennent la route pour réaliser les courses de dernières minutes. Bryan est au meilleur de sa forme, sûrement parce qu'il pense aux nombres de verres qu'il prendra ce soir. Il accélère à vive allure, prend les virages comme un fou, accélère davantage jusqu'à en coller le pare choc de la voiture juste devant eux. Rose déteste ça, elle se met à râler, s'énerve devant son comportement dangereux.

- Arrête-toi ! Putain si tu veux te tuer, tu le fait seul ! Si tu continues, je te préviens je descends de la voiture !

Bryan rit et s'approche encore de la voiture. Cela met Rose hors d'elle, elle se détache et lui ordonne de s'arrêter pour qu'elle puisse descendre. Elle sait qu'elle fera sûrement la route à pied, un bon quarante-cinq minutes mais ça elle s'en contrefout.

- Je ne peux pas supporter ça une seconde de plus ! Je marcherai. Stop la voiture !

Bryan lui lance un regard noir, il prend le rond point à toute vitesse, fait demi-tour. Sans un mot, il la lâche devant la porte de la maison et repart de plus belle.

- Mais quel connard ! -

À nouveau seule, elle se reconnecte immédiatement pour savoir si Rico lui a envoyé un message.

Tu sais à quelle heure ferme le parc près de chez toi ?

Il est déjà fermé, il me semble.

Ah bah tant pis, je vais aller au "repère" alors.

Pourquoi tu veux aller là-bas seul ? D'habitude on y va ensemble. Il se passe quelque chose ? Ça ne va pas ?

Pas vraiment, je vais aller me poser avec mes écouteurs en fumer un, ne t'inquiète pas.

Je suis là, tu sais si tu as besoin. Si tu veux, on peut s'y rejoindre. Je suis seule et j'aime pas te savoir mal.

Le téléphone retentit, le nom de Rico apparaît sur le téléphone de Rose.

- Hey, t'es sur que ce n'est pas risqué pour toi ?

- Non, ne t'en préoccupe pas, tu as besoin de moi.

- T'es vraiment un amour toi ! *Après un petit temps, il s'explique.* Aujourd'hui c'est une journée compliquée et en restant enfermé, je n'arrête pas d'y penser… Ça fait 5 mois qu'il est parti…

Rose entend sa peine à travers le téléphone, son cœur se sert.

- Pourquoi tu ne m'en as pas parlé tout à l'heure lorsque l'on était ensemble Co ?...

- On passait un bon moment, je ne voulais pas le gâcher avec mes problèmes.

- Co... Tu sais très bien que je suis là pour toi... Je peux pas t'aider si tu ne m'en parle pas. Allez ! On se rejoint, on va prendre l'air.. Je vérifie juste où est Bryan pour être tranquille.

- Ok...

Rose s'apprête à lancer l'application qui lui permet de savoir où se trouve Bryan lorsqu'elle entend la voiture s'avancer dans l'allée.

- Je suis désolé Co, il vient d'arriver dans l'allée...

- C'est pas grave, je vais aller fumer.

- Fais attention à toi ! S'il te plait...

Rose raccroche, elle est contrariée à l'idée de le laisser seul alors qu'il ne va pas bien mais malheureusement elle ne peut rien faire. Il n'y a aucun échappatoire réalisable. Les heures passent, elle ne sent pas à sa place, surtout qu'il ne va pas bien. De là l'ampoule s'allume, une idée vient de lui traverser l'esprit.

Lexa ? J'ai besoin de toi. Si on te demande ce soir, on est ensemble.

35

Elle acquiesce sans poser de question. Le sourire aux lèvres, elle prévient Bryan et Oscar. Bryan est déçu mais ça elle en a rien à faire, tout ce qui compte pour elle, c'est de pas laisser Rico seul et mal.

-   Je passe te prendre dans quinze minutes, je te laisse pas seul alors que ça ne va pas.

Arrivée au coin de chez lui, elle attend sa présence. Au loin, elle l'aperçoit, il sourit. Rose est soulagée d'avoir réussi à être présente. Il monte dans la voiture et demande où ils vont.

-   C'est à toi de voir. Tu veux faire quoi ? On peut faire ce que tu veux tant que ça te permet de passer une bonne soirée.

Il sourit un peu gêné et touché par ce geste tendre. En se mettant d'accord, ils finissent par décider d'aller voir un film d'horreur au cinéma. Lorsqu'ils arrivent là bas, ils se chamaillent pour payer. Rose n'a eu l'occasion de payer que les popcorns. Rico n'apprécie pas qu'elle paie alors qu'elle l'amène et encore moins lorsque le moment est programmé pour lui. Assis dans ses fauteuils rouges, au plus haut de la salle pour avoir une vue d'ensemble. Rose dépose sa tête sur l'épaule de Rico, lui vient mettre sa main sur sa cuisse, ensemble ils dévorent le seau. Le film commence, les minutes filent, ils essaient de s'accrocher à l'histoire mais ils finissent par perdre le fil et s'endorment. Réveillés par les bruits qui les entourent, ils voient alors les quinze minutes de la fin. En effet, ce film est purement nul, sans aucun intérêt. Blasés, ils sortent du cinéma et s'installent dans la voiture. Tous deux rient face à l'endormissement dû à ce film sans aucun but. Après avoir discuté un long moment sur les mille et une choses qu'ils auraient pu faire de mieux que de voir ce film, ils se décident enfin à rentrer. Comme chaque vendredi, Rico part à deux heures pour se rendre chez Emile. Rico et Rose savent bien comment cela va se passer, ils vont se manquer jusqu'au lundi où ils se retrouveront. Ils attendent déjà ça, de nouveau leur après-midis ensemble avec musique, film, tendresse et plaisir. Sur le retour, le calme règne, Rose décide de déposer Rico chez Emile afin de lui éviter une demi-heure de marche et de profiter du temps qui peut leur reste avant le week-end. Posés sur le parking près de la maison d'Emile, ils se câlinent avant l'arrivée de Mimi qui vient de terminer le travail. Bryan qui s'impatiente de ne pas voir Rose rentrer et l'appelle. En colère, il se plaint de l'heure à laquelle elle n'est toujours pas rentrée et lui demande de se dépêcher.

- Non mais je rêve, très drôle celui là pour une fois que c'est lui qui m'attend -

Rico râle aussi, il n'apprécie pas la manière dont il se permet de parler à Rose, le ton qu'il prend et sa manière de lui ordonner de rentrer.

- Tu devrais y aller, je veux pas que tu aies des problèmes à cause de moi. Tu en as déjà assez fait aujourd'hui pour moi.

- Non je reste. Je fais ce que je veux. Si ça ne lui plaît pas c'est pareil. Je suis bien là avec toi de toute façon.

Rico sourit, malgré l'air inquiet qui apparaît sur son visage. Emile après ça prit peu de temps à arriver. Tendrement, Rico embrasse le front de Rose pour lui dire au revoir avant de s'éloigner en lui demandant de la prévenir de son bon retour chez elle.

Rose prend la route, pensive, la poitrine serrée entraînant une douleur atroce dans sa poitrine. Cette douleur, elle la ressent depuis quelques semaines maintenant à chaque fois qu'elle rentre chez elle. Devant la porte, elle décide d'ignorer tout le monde, et d'aller se poser dans son lit parce que la douleur est de plus en plus forte. Rose prévient Rico de son bon retour et lui dit "Bonne nuit". Alors que la douleur s'intensifie, il lui est impossible de s'endormir. Contre son gré, elle demande à Bryan de prévenir sa mère pour qu'elle puisse l'emmener à l'hôpital.

- Et si mon corps me faisait comprendre qu'il est temps de partir ? Au fond, ça fait longtemps que j'en ai conscience. -

Rose est allongée sur le brancard, une prise de sang lui est faite, un examen cardiaque, et une poche de paracétamol lui est posée pour lutter contre la douleur. Rose s'est bien comment cela se déroule étant elle-même en étude d'infirmière. Les heures se font interminables après ça, pourtant tous les examens réalisés ne montrent rien à signaler. D'après le docteur, ce serait le stress qui engendre cette douleur malgré tout le docteur lui conseille de faire un suivi par un cardiologue mais l'autorise à sortir. Il est huit heures du matin lorsqu'elle sort de l'hôpital, elle n'a même pas vu la nuit passée, elle est exténuée. Et si même son corps se met à réagir comment pourrait-elle faire pour éviter l'inévitable ? Le reste du week-end fut calme, cherchant à éviter toute contrariété en se reposant. Elle décide tout de même de prévenir Rico du problème rencontré en lui disant de ne pas s'inquiéter, que de toute façon ils se verraient lundi comme à leur habitude.

- Repose toi, fais attention ! Je suis là si besoin. N'hésite pas.

CHAPITRE 6.

Elle passe la porte de chez lui, personne n'est là sauf son chien qui se lève tout en remuant la queue pour l'accueillir. Seul Rico est là, à l'étage, il dort. Rose monte discrètement les marches qui mènent à sa chambre. Poussant doucement la porte grinçante, il est paisiblement endormi tout fragile, lorsqu'il est assoupi il ne semble pas souffrir, aucune noirceur apparaît. Sur la pointe des pieds, elle le rejoint sans un bruit et vient alors se serrer contre lui. Son souffle est lent, son pouls également. Après quelques minutes , Rico ouvre les yeux. Il a senti la présence rassurante de Rose, son parfum a enivré les draps. Il se retourne à moitié endormi, sourit et l'attire contre lui. Rico la serre fort dans ses bras avant de glisser sa tête dans le creux de son cou. Elle caresse ses cheveux. Rose aimerait que ces moments ne s'arrêtent jamais, dans ses bras elle ne ressent plus aucune douleur, ni physique, ni mental.

- Co ?

- Oui ? *il se redresse le regard perplexe.*

- J'ai pris ma décision, je vais le quitter.

- Vraiment ? *Un grand sourire apparaît sur les lèvres de Rico.*

- Oui vraiment je ne peux plus.

- La vérité c'est que depuis longtemps c'est terminé mais j'essayais de croire à un renouveau possible. Puis tu es arrivé et j'ai compris que je méritais mieux même si cela ne veut pas dire que le mieux c'est toi -

D'un air sérieux Rico répond :

- Je suis content pour toi, tu mérite tellement plus, tu es une femme superbe et je suis là si tu as besoin. Je sais que ce n'est pas facile, 6 ans après tout.

- Tu sais Co, lui et moi c'est terminé depuis longtemps ce qui me fait peur c'est plus la douleur que la petite va avoir. Lya je l'ai élevé et j'ai l'impression que c'est elle que je trahis.

- Ro... Tu dois penser à toi maintenant. Elle a eu la chance de t'avoir, elle va s'en sortir.

Dans les bras l'un de l'autre, silencieuse, Rose réfléchit à la manière la plus simple de tout arrêter avec Bryan. Elle a tellement peur de sa réaction... De ce que cela engendra chez lui... Avant le départ de Rose, Rico est inquiet, la regarde.

- Ro, s'il se passe quoi que ce soit, appelle moi. Je viens tout de suite, ok? Tu n'hésites pas.

- Ok…

Il l'embrasse sur le front et la regarde s'éloigner.

Les heures passent lentement avant le retour de Bryan. Rico envoie beaucoup de messages à Rose, il n'est pas rassuré comme si au fond de lui il sentait qu'il y aura quelque chose qui va mal se passer. Il a peur que la séparation engendre un comportement violent de la part de Bryan ce qui pourrait le mettre dans un état de colère monstre s' il a le malheur de s'en prendre à Rose. Elle a la sensation qu'il a vu dans ses yeux toutes ses choses qu'elle lui a pas dit, Rose a l'impression qu'il a lu sa peur.

Lorsque Bryan passe la porte, aux alentours de dix-neuf heures, il sait à quoi s'attendre. Rose lui avait envoyé un message pour lui prévenir qu'elle ne pouvait plus continuer. Le regard triste, il la supplie de lui laisser une dernière chance.

- Non c'est tout, je t'ai laissé plus de chance que nécessaire. Je suis plus heureuse depuis longtemps et tu n'as rien fait pour y remédier.

- Laisse-moi te poser une question. Tu parles à quelqu'un ?

Rose ne se voit pas lui mentir plus qu'elle ne l'a fait. Elle acquiesce d'un mouvement de tête. C'est alors que le visage de Bryan change, il passe de la peine à la haine en une seule seconde.

- Qui ?

- Qui ? Cela n'a pas d'importance. Il n'est pas responsable de notre rupture.

- Rose !!! Dis moi c'est qui ?

41

Le ton monte, un regard noir, menaçant observe Rose.

- C'est Quentin ?
- Yvan ?
- Adam ?

Aucun de ses noms retiennent l'attention de Rose.

- C'est Rico ?

Elle baisse la tête, tétanisée, muette.
- C'est lui, c'est ça !

Il se lève et enclenche une droite droit dans le mur, sous sa force, un trou se forme. Elle reste figée sur place, les larmes se mettent à couler. La peur prend le dessus. Elle reste là à le voir péter un plomb. Cependant cette fois-ci, il y a une véritable raison. Il part fou avec deux-trois affaires ramassées, en direction de chez sa mère.

- Il pourra picoler avec son frère ! -

Rose est apaisée, soulagée d'avoir enfin réussi à se libérer. C'est fait ! Elle prévient Rico que c'est bon, lui explique la réaction agressive de Bryan mais le rassure du mieux qu'elle peut en lui disant bien qu'elle va bien. A vrai dire, malgré sa peur face à sa colère, elle va vraiment bien. Le téléphone de Rose retentit. Aie… Un petit détail n'avait pas été pris en compte, Lya l'appelle. Sa voix est tremblante, elle sanglote, hurle de douleur. Elle ne comprend pas ce qu'il se passe. Le cœur de Rose se brise en mille morceaux, la souffrance est extrême.

- Je suis désolée !

Je suis désolée ma chérie …
Je suis désolée je ne voulais pas que tu souffres.

-   Tu m'avais promis d'être toujours là, je vais comment sans toi…

Rose n'a pas les mots cette fois-ci, elle qui a toujours su quoi lui dire.

Co, je vais aller me doucher, ça ne va pas trop.
On parle demain.

Appelle-moi si tu as besoin de quoi
que ce soit je viens.
Qu'importe l'heure, tu m'appelles.

Affalée dans le noir, perdue entre délivrance et souffrance, elle s'endort sous la fatigue qu'entraine les larmes qui coulent le long de ses joues. Un bruit sourd résonne ce qui réveille Rose. Elle attrape son téléphone, il est dix heures et demi. Elle sort à peine réveillée de sa chambre pour voir d'où provient ce bruit. Par la vitre de sa porte, elle aperçoit Bryan qui attend impatiemment.

Ensemble, ils discutent des démarches à entreprendre maintenant qu'ils sont à tête reposée sans tension. Bryan reconnaît ses torts et propose à Rose de se laisser une semaine afin de voir si c'est possible de sauver les cinq années durement construites. Cependant Rose n'est pas emballé par cette idée, après tout elle a donné plus de chance qui n'en fallait. Qu'est ce qu'une semaine apportera de plus ? Et puis il y a Rico qui lui depuis le début s'est montré à la hauteur, il a su être là pour elle autant à l'époque ou il se parlait il y a sept ans que maintenant. Il a cherché à la comprendre, il ne sait en aucun cas conduit de manière irrespectueuse ou violente.

Toujours vivante ? Ça va ?

Rico s'inquiète n'ayant eu aucun retour de la part de Rose. Elle fait discrètement disparaître le message voulant absolument éviter une nouvelle crise d'agressivité de Bryan. Rose refuse toujours de laisser une semaine de plus à Bryan, le mal est déjà fait. Elle décide donc par respect pour sa mère de lui téléphoner accompagnée de Bryan pour lui annoncer leur séparation. Sa réaction n'était pas celle attendue par Rose. Sa mère n'est pas très réjouie, elle a peur que ce soit les cicatrices et la douleur de Rose qui la pousse à prendre cette décision irrationnelle. Elle ne veut pas qu'elle regrette sa décision. La discussion est longue, tous les points sont abordés, le choix est évident pour tout le monde sauf pour elle. Ils doivent se laisser une chance parce que cinq ans on n'abandonne pas comme ça.

- Apparemment mon avis ne compte pas. Je n'abandonne pas, je ne veux plus ! Je dois faire quoi faire semblant, encore... Mais je fais comment là ? J'ai déjà avancé. Et Co, qu'est ce que je vais lui dire que je suis obligée ? Apparemment oui. -

Le choix est fait, Bryan et Rose se laissent une dernière chance. Rose sourit faussement. Et s'affale devant la télévision, espérant que la semaine passera vite.

- Maintenant il y aura des règles. Je prendrai ton téléphone pour voir à qui tu parles.

- Fais toi plaisir.

- De toute façon tu n'as pas le choix.

- Tu sais Bryan, mets toi ça en tête. Tu peux fouiller autant que tu veux, tu ne trouveras rien. La seule chose que tu peux me demander c'est d'arrêter mais fouiller ne t'apportera rien. Si je veux pas que tu saches quelque chose, tu ne le sauras pas et tu le sais.

- Je veux bien, j'ai tort. Je sais que ce que j'ai pu faire c'est mal... Mais je n'arrive pas à regretter parce que pour une fois j'étais bien et ça faisait longtemps que ça n'avait pas eu lieu. Alors je vais peut-être passer pour une connasse, mais ce n'est sûrement pas en voulant me contrôler qu'il sauvera quelque chose. -

La journée enfin finit, Bryan s'est endormi à côté de Rose. Elle attendait ça, elle se lève doucement et part fumer. Elle en profite pour envoyer un message à Rico pour lui expliquer, elle en a besoin. La boule au ventre apparaît, lorsqu'elle arrive sur leur conversation où se trouve plusieurs messages qui lui est laissé.

Ça va ?

J'ai pas de nouvelles...
Dis moi juste tu vas bien.

Et promis je te laisse tranquille.

C'est bon j'ai compris.

Tu as bien joué avec moi.

La lecture de ses messages est difficile, elle éclate en sanglots. Rose a passé tous ces moments sincères avec lui. Et là, elle est bloquée, en colère, ce n'est pas ce qu'elle voulait. Le cœur serré, elle se rend compte que ces deux semaines passées avec lui a plus d'importance qu'elle ne veut bien l'admettre.

Je suis désolé Co...

Je suis obligée de laisser une chance.

Tu as juste joué.

Non tu ne peux pas dire ça, tout était sincère.
Mais c'est 5 ans, je peux pas lâcher comme ça.

Tu as toujours le choix.
Tu m'as dit que c'était un
enfer et tu y retournes !
Tu n'as rien compris

Je dois essayer ! Puis façon si c'est pas
moi ce sera une autre. Qui te dit que je
suis celle qui te faut ! Je suis pas quelqu'un
de bien putain !

Tu as joué avec moi.

Tu sais quoi, pense ce que tu veux.
Je suis encore entrain d'essayer de
t'expliquer alors que tu veux pas
comprendre que ce n'est PAS MON CHOIX.

Tu as toujours préféré t'occuper de tout le monde,
tu vis pour les autres alors que personne
sait qui tu es.

Non c'est pas vrai, j'ai plus autant de
monde autour de moi, et tu le sais.
De toute façon, autant que je laisse tout se faire.

Bats-toi Ro putain, tonton vieille sur toi,
il voudra toujours ton bonheur et là tu l'es pas !

Mon oncle n'est plus là !
Ça n'a plus aucune importance.

Dis pas ça !

On arrête cette conversation,
de toute façon tu ne me crois pas.

...

Et tu sais quoi, tu te serais séparer,
je t'aurai laissé le temps et je te jure,
j'aurai essayé de t'avoir dans ma vie
en tant que copine.
Mais c'est pas grave j'attendrais comme
je fais si bien, j'ai l'impression.
En vrai Ro, je crois que je t'aime.
Si tu as besoin, je reste là et tu le sais très bien.
Tiens mon numéro au cas où tu as besoin de
parler: 06.XX.XX.XX.XX.
Bisous à toi, désolé. c'est la tristesse qui parle.
Prends soin de toi... s'il te plait réussi tes études
et réussi ta putain de vie. Et s'il te plait ne dis
plus jamais ce que tu m'as dit sur tonton parce
que tu étais, tu es et resteras sa plus grande fierté.

Rose sent son coeur se retourner. Ses mots sont beaux mais douloureux, devoirse
dire adieu alors que les sentiments sont là.

- J'aurai du écouter mon coeur pour une fois. Là je me retrouve à
devoir lui dire aurevoir alors que c'est lui qui m'apporte tout l'amour que je
reçois. Il me connaît mieux que tous les gens que je côtoie. Je sais qu'il a
raison, et pourtant il est là à me souhaiter le meilleur. Alors que tout ce qu'il

47

pense c'est que j'ai joué avec lui et à sa place j'aurai pensé la même chose. Parce que qu'importe ce qui aurait pu arriver, j'aurais fait passer son bonheur avant le mien. J'aimerai pouvoir lui dire que non c'est faux que c'est avec lui que je veux être. -

Merci Co... Merci pour tout. Tu es un amour, je penserai toujours à toi ! Merci de tout ce que tu es, je regrette tellement... Prends soin de toi. Tu mérite tout le bonheur du monde. Je ne t'oublierai jamais.

Elle se couche, des rivières de larmes glissent sur son visage. Elle ne peut qu'accepter le résultat. Pourtant la douleur est là.

***

Elle n'a pas bien dormi, sept heures du matin, fatiguée, elle se dirige sur son compte pour relire cette dernière conversation qui la bouleverse tant. Des nouveaux messages de Rico, elle reste perplexe avant d'ouvrir.

Je n'arrive pas à dormir.
J'ai ton odeur partout dans mes draps.
Ro je te jure, je pense à toi.
J'étais en train d'essayer d'arrêter de fumer.
Je voulais une vie stable pour faire partie de ta vie.
J'écoute notre musique, tu sais
"California Girl" de Zola, elle me fait pensé à toi.
Je sais que je ne dois plus t'écrire, mais je voulais que tu fasse partie de ma vie ma petite portugaise..

CHAPITRE 7.

Le cœur abîmé est lourd, les mots lui ont pesé sur la conscience toute la journée.

- Je n'ai pas joué avec lui. Il m'a dit je t'aime... Et moi je suis là... -

Lui sait comment la rendre heureuse, il sait comment la faire sentir vivante. Rose se sent piégée parce qu'elle n'a pas vraiment eu le choix, peur de décevoir les gens qui l'entourent, qu'ils ne comprennent pas. Entre eux, il y a des souvenirs, une relation plus que compliquée mais familière. Pourtant, ce qui était autrefois naturel et réconfortant avec lui ne l'est plus. Maintenant, tout semble forcé, une obligation, une peur plus qu'une envie. Elle ne ressent plus rien avec Bryan, seulement une vague impression de devoir suivre un chemin tracé d'avance. Mais depuis l'arrivée de Rico tout a changé. Sa présence a bouleversé son monde, elle qui vivait dans la noirceur. Rose n'a jamais voulu admettre ce qu'elle ressentait pour lui, mais ses sentiments sont là, bien présents. Maintenant, elle se retrouve perdue, tiraillée entre la sécurité incertaine que Bryan représente et la passion que Rico éveille en elle. Elle ne sait plus où elle en est ni quoi faire, prise dans un tourment qu'elle ne peut ignorer.

***

Chaque jour, Rose se bat avec ses pensées. Quand elle est avec Bryan, elle tente de se convaincre qu'elle fait ce qu'il faut, que c'est "LA" bonne décision. Mais au fond, elle sait que quelque chose manque. Elle se surprend à rêver de Rico, à repenser à chaque seconde passée avec lui depuis deux semaines. Rico, c'est la protection, l'intensité. Avec lui, tout semble plus vivant, plus vibrant. Ses paroles résonnent encore dans son esprit : cette sincérité désarmante, cette manière de lui montrer qu'il la voyait vraiment, qu'il l'aimait pour ce qu'elle est. Elle ne peut pas nier l'attirance qu'elle ressent pour lui, ni ce feu qui brûle en elle chaque fois qu'elle pense à lui. Mais en même temps, elle a peur. Peur de tout perdre, de faire mal à celle qui a compté le plus à ses yeux.

Rose se sent coincée entre deux chemins. D'un côté, Bryan représente une sorte de sécurité, une histoire qu'elle connaît, un avenir prévisible mais effrayant. De l'autre, Rico est l'incertitude, mais aussi la possibilité d'une véritable passion, d'une histoire où elle se sentirait pleinement elle-même et heureuse comme elle ne l'était plus depuis longtemps. Elle ne sait lequel choisir, ni comment avancer sans se blesser ni blesser ceux qu'elle aime.

Mais l'amour qu'elle a pu avoir pour lui s'est éteint. Il ne reste plus que des souvenirs flous d'un bonheur passé, enterrés sous des années de violences, d'humiliations, et de contrôle. Bryan n'est plus l'homme dont elle pensait être tombée amoureuse. Ses colères, ses mots qui la déchirent, et parfois ses gestes ont fini par briser ce qu'il semblait exister. Elle vit dans la crainte constante de faire ou dire quelque chose qui le mettra en rage. Pourtant Rose ressent toujours un lien fort avec la petite sœur de Bryan. Depuis qu'ils sont ensemble, elle s'est attachée à cette enfant comme à une petite sœur. Cette petite fille, si douce et pleine d'admiration pour elle, est devenue une source de lumière dans l'obscurité qui l'enveloppe chaque jour. C'est pour elle que Rose reste. L'idée de briser ce lien la paralyse, de peur de lui faire du mal en quittant Bryan. Alors elle reste et chaque jour, elle vit dans la crainte de faire ou dire quelque chose qui déclenche sa rage. Cette relation la détruit, la vide de tout espoir.

Maintenant, il y a Rico, lui qui depuis toujours est là, dans l'ombre de sa vie, avec une douceur qui contraste tout. Rico est celui qui, sans un mot, parvient à la rassurer. Il a toujours su être tendre avec elle, lui offrir une protection discrète mais constante. Quand il est près d'elle, elle se sent enfin apaisée, comme si la tempête intérieure cessait un court moment. Son regard, ses gestes, tout chez lui respire la bienveillance, et Rose se rend compte à quel point elle a besoin de cette tendresse. Près de lui, elle n'a jamais à craindre d'être jugée, elle est elle-même, jamais à anticiper une explosion de colère. Il la comprend sans qu'elle ait besoin de s'expliquer, et c'est en sa présence qu'elle se souvient de ce qu'est l'amour véritable, celui qui ne fait pas mal. Il lui a toujours montré qu'elle méritait mieux, qu'elle pouvait trouver la paix loin de cette violence.

Mais le cycle recommence partir signifie abandonner la petite, et cette pensée la torture. Comment fuir cet enfer sans briser le cœur d'une enfant qu'elle aime tant ? Rose se sent tiraillée entre son besoin de liberté et son désir de protéger les autres. Elle sait que si elle reste, elle continuera de s'effondrer, et elle fera mal à Rico, lui qui ne mérite pas ça. Il est son soutien, mais il ne peut la sauver à sa place. Rose commence à comprendre qu'elle doit fuir pour se retrouver, pour être libre. Rico lui donne la force d'y croire, de penser qu'un avenir plus doux est possible, loin de Bryan. Mais elle espère qu'un jour, la petite sœur comprendra qu'elle l'aime toujours, même en partant. Rose doit trouver le courage de se libérer, elle n'est plus seule, on la comprend et accompagne.

Rose est profondément contrariée par tout ce qu'elle traverse. Depuis cette dernière conversation avec Rico, où il lui a ouvert son cœur avec une honnêteté désarmante, elle essaie tant bien que mal de rester loin de lui. Elle sait que céder à ses sentiments pour lui complique encore plus la situation, alors elle s'efforce de l'éviter, de garder ses distances. Chaque matin, elle se promet de résister, de ne pas le voir, de ne pas lui envoyer des messages. Mais plus elle essaie de s'éloigner, plus elle se sent déchirée, plus il devient une obsession.

La vérité, c'est qu'elle a besoin de lui. Depuis qu'ils se sont revus pour la première fois dans le cagibi, elle ne parvient plus à faire taire cette petite voix en elle qui lui crie de rester près de lui. Rico n'est pas seulement celui qui lui offre une échappatoire à la violence et à la tristesse qu'elle vit avec Bryan. Il est surtout celui qui la fait sentir vivante, aimée, comprise. Avec lui, tout est différent. Elle se sent vue, entendue, sans jugement. Alors, même quand elle tente de lui tourner le dos, il reste présent dans ses pensées, chaque jour un peu plus. Rose est épuisée par cette lutte intérieure. Une part d'elle sait qu'il serait plus simple de couper les ponts, d'essayer de tout oublier, mais elle n'en a pas la force. Elle a besoin de lui comme d'un souffle d'air frais. Loin de Rico, elle se sent suffoquer, piégée dans une vie qui ne lui a jamais ressemblé. Elle se surprend à rêver de lui à chaque instant, à revoir leurs moments ensemble, à se demander ce qu'il fait, s'il pense encore à elle, s'il attend qu'elle revienne.

Elle a conscience que ce n'est pas sain de continuer à lutter contre ses propres désirs. L'envie de le revoir, de sentir sa présence, devient de plus en plus forte, presque irrésistible. Plus elle s'éloigne de lui, plus elle réalise que son absence lui pèse, que tout ce qu'elle tente de faire pour l'oublier ne fait qu'accentuer son besoin de le retrouver. Rose est à bout. Elle ne veut plus fuir, ni cacher qui elle est ou encore ce qu'elle ressent. Elle a besoin de lui, même si cela la plonge encore plus profondément dans un conflit dangereux.

Elle commence à accepter que rester loin de lui n'est pas une option. Rose se fait engloutir par ses émotions. Elle regarde son reflet dans le miroir, mais elle ne reconnaît plus la personne qui lui fait face, plus cette personne qu'il a su lui faire re-découvrir

> J'arrive pas à rester loin de toi. Je vais pas bien Co,
> je sais plus quoi faire.

Elle sent les larmes monter, ce mélange de frustration et de désespoir. Elle a besoin de soutien, de quelqu'un qui comprenne son combat.

Bouge toi ! Et redevient la Rose souriante
et battante que tu es depuis toujours.
Moi je sais qu'elle est toujours là quelque part.

Les mots de Rico résonnent dans son esprit, comme un écho d'espoir. Mais comment retrouver cette force qu'elle a perdue ? Elle se sent si fatiguée, si seule.

> Et comment ? J'en ai marre d'être seule
> face au monde. Tonton n'est plus là !

La mention de Tonton la foudroie. Cette perte a laissé un vide immense, et maintenant, dans cette tempête émotionnelle, elle se sent démunie.

Je serais là, quoi qu'il arrive.
Je te le promets.

La promesse de Rico lui réchauffe le cœur, mais pourtant pour Rose les promesses restent de simples mots qu'on prononcé sans avoir conscience des impacts qu'ils peuvent avoir.

Personne n'est toujours là.

Elle ferme les yeux, ressentant le poids de sa solitude. Mais au fond, cette lueur d'espoir persiste. Et si elle peut se relever, même lentement, peut-être pourra-t-elle retrouver la force de lutter, de se battre pour elle-même, et pour toutes les personnes qui comptent encore dans sa vie ?

***

Après cette conversation avec Rico, Rose prend une décision audacieuse. Elle sait que rester loin de lui est devenu insupportable. Alors, dans le secret de ses pensées, elle commence à envisager à nouveau la possibilité de le revoir, malgré les risques. Elle ne peut plus ignorer ce besoin qui la ronge.Ils s'organisent pour se retrouver discrètement, loin des yeux indiscrets. Chaque jour, ils se donnent rendez-vous dans les bras l'un de l'autre, ce lieu où tout semble réalisable. Les premières fois, Rose est nerveuse, mais rapidement, elle retrouve la familiarité de leurs échanges, la chaleur de sa présence. Rico est toujours aussi attentif, son regard est si doux, et chaque sourire qu'il lui offre ravive une flamme en elle. Ils reprennent leurs habitudes, ces moments de complicité qui leur manquaient tant. Ils partagent des rires, des confidences et des silences chargés de sens. Rose se montre plus légère que jamais, même consciente des risques qu'elle prend, elle s'en moque. Ces instants volés lui apportent une sérénité qu'elle n'a pas connue depuis longtemps.

Malgré leur complicité retrouvée, Rico n'oublie pas que Rose a choisi de revenir avec Bryan. Il lui en veut, même s' il essaie de le cacher. Des mots de reproche restent en suspens dans l'air, et chaque rencontre est teintée de cette tension sourde. Rico voit la lutte de son amie, mais cette trahison lui pèse sur le cœur, et il se demande combien de temps encore Rose pourra jongler entre ces deux mondes. Chaque jour, ils se voient un peu, juste assez pour nourrir leur connexion, pour se rappeler ce qu'est le bonheur. Elle commence à se sentir vivante à nouveau, comme si une partie d'elle avait été réveillée dès qu'elle est à ses côtés. Les doutes et les peurs sont toujours là, mais ils sont atténués par la présence de Rico. Dans ces moments, elle oublie tout : Bryan, la culpabilité, les tensions.

Rose comprend que ce qu'elle fait n'est pas sans conséquences, mais elle se concentre sur l'instant présent. Être avec Rico lui donne l'impression de retrouver sa véritable essence, celle qu'elle avait presque oubliée. Le monde extérieur semble moins oppressant, et pour la première fois depuis longtemps, elle sourit sincèrement, même si c'est dans l'ombre de ses secrets.

CHAPITRE 8.

Rose a accepté de travailler ce week-end, un job de serveuse pour un concert qui se déroule dans une ville se situant à une heure de trajet. Elle est contente de travailler. C'est une opportunité qui lui permet de s'éloigner un peu de son quotidien étouffant et de gagner de l'argent. Bryan, lui, n'a pas bien réagi à l'idée qu'elle parte travailler là-bas. Il n'a pas caché son mécontentement, l'accusant de vouloir s'éloigner de lui encore, de chercher des prétextes pour fuir. Mais elle a tenu bon, résistant à ses remarques désobligeantes et à ses regards lourds de reproches. Elle savait que si elle cédait encore, elle finirait par s'étouffer sous son contrôle.

La soirée est longue mais intense. Rose travaille de 18h à 3h du matin, sans relâche, jonglant entre les commandes des clients excités par la musique et l'ambiance frénétique du concert. Le bruit et l'agitation l'épuisent, mais en même temps, elle ressent une forme de soulagement d'être loin de Bryan, loin de son jugement constant. Pendant quelques heures, elle se sent presque libre. Elle profite de ce moment, même si, au fond d'elle, l'angoisse de le retrouver à son retour la ronge déjà.

Le trajet d'une heure pour rentrer lui semble plus long que jamais. La fatigue l'écrase, et ses pensées tournent en boucle. Elle s'imagine rentrer dans la maison silencieuse, se glisser dans le lit et fermer les yeux. Mais en arrivant devant chez eux, une lueur dans la fenêtre lui fait comprendre que la nuit est loin d'être terminée.

Bryan est encore debout. Quand elle franchit la porte, l'odeur âcre d'alcool la prend à la gorge. Il est là, affalé sur le canapé, une bouteille à la main, visiblement ivre. Dès qu'il la voit, son regard s'assombrit et il se lève d'un coup, vacillant légèrement. Rose sent immédiatement que quelque chose ne va pas. Il commence à lui parler d'une voix hachée, des mots agressifs fusent.

- T'es rentrée tard. T'étais où vraiment ? À bosser ou à voir ton Rico ?

Ses paroles sont pleines de mépris, et Rose sent la colère monter en elle, mais elle sait qu'elle doit garder son calme. Elle a appris à lire ces signes, elle sait que lorsqu'il est dans cet état, tout peut dégénérer. Bryan se rapproche, son ton devient plus tranchant, ses accusations de plus en plus délirantes. Il lui reproche tout et n'importe quoi, son travail, ses sorties, son "manque de loyauté", la présence de Rico qu'il devine toujours, même sans preuve.

Rose encaisse en silence, la tête baissée, le cœur battant à tout rompre. Elle sait que répondre ne ferait qu'envenimer la situation. Elle reste immobile, résistant à l'envie de fuir, consciente qu'il pourrait devenir violent. Cette scène s'est répétée tellement de fois, et pourtant, elle se sent toujours aussi piégée. Les remarques acerbes de Bryan se transforment rapidement en insultes, ses gestes deviennent plus brusques. Elle tente de garder ses distances, mais il la suit de près, l'étouffant avec sa présence.

Dans un coin de son esprit, Rico refait surface. Elle pense à sa douceur, à la manière dont il la protège, la comprend sans qu'elle ait besoin de dire un mot.

Avec lui, elle se sent en sécurité. Mais ici, maintenant, dans cette maison sombre, il n'y a que Bryan, son agressivité et cette tension palpable. Elle se sent salie par cette situation, salie par ce qu'elle endure encore, et par son incapacité à s'en libérer.

Rose veut crier, lui dire qu'elle ne supporte plus cette vie, mais elle se contente de s'éloigner, prétextant la fatigue. Chaque pas qu'elle fait vers la chambre est une tentative de se protéger. Bryan, lui, continue à parler.

-   On part avec la voiture !

Rose sait que c'est une mauvaise idée, mais elle se sent trop faible pour s'opposer. Elle monte à contre-cœur dans la voiture, espérant que ce trajet sera court, que tout se calmera.

Mais dès qu'ils sortent de l'allée, elle comprend que cela ne va pas comme elle le voyait. Bryan conduit vite, bien trop vite pour les rues étroites de la ville. Chaque virage est pris à une vitesse dangereuse, les pneus crissant sous la pression. Rose agrippe le bord de son siège, son cœur battant de plus en plus fort. Bryan hurle des choses incohérentes, l'accusant encore de l'avoir trahi, de toujours penser à Rico. Son visage est déformé par la colère, ses mains crispées sur le volant. La peur monte en elle, mais elle n'ose pas parler. Les rues défilent, de plus en plus rapidement, et Rose sent que tout peut basculer d'un instant à l'autre. Elle essaie de respirer, de rester calme, mais ses larmes commencent à couler sans qu'elle ne puisse les retenir. Chaque accélération la rapproche du bord de l'angoisse.

Quand ils atteignent la grande avenue, Bryan appuie encore plus fort sur l'accélérateur. Le paysage devient flou autour d'eux, les autres voitures ne sont plus que des ombres. Rose, le cœur en vrac, tourne la tête vers lui. Elle le regarde un long moment, le visage inondé de larmes, avant de prendre une décision désespérée. D'une main tremblante, elle détache sa ceinture, son geste lourd de sens. Sa voix est basse, mais elle résonne dans l'habitacle comme un coup de tonnerre :

- Si tu veux nous tuer, Bryan, fais-le. Je n'ai plus peur de mourir.

Bryan tourne brutalement la tête vers elle, furieux, mais son pied lâche légèrement l'accélérateur. Le silence pesant envahit la voiture, seulement brisé par le grondement du moteur. Sa colère, qui semblait à son comble, devient encore plus noire, plus palpable, plus menaçante. Ses mâchoires se crispent, ses poings se serrent si fort sur le volant que ses jointures blanchissent. Rose ne bouge pas, elle ne le quitte pas des yeux, prête à affronter ce qu'il va dire ou faire. Mais ce qu'il fait, elle ne s'y attendait pas. Sans un mot, il tourne brusquement le volant et change de direction. Rose reconnaît immédiatement la route, et son estomac se noue d'angoisse. Bryan se dirige droit vers la maison où vit Rico.

- Tu vas voir ce que je vais lui faire. *hurle-t-il, la voix tremblante de rage.*

- Je t'interdis de t'approcher de lui ! C'est moi la seule responsable ! S' il arrive quoi que ce soit à un truc lui appartenant ou encore si tu lui crées des problèmes ! Je te le ferai payer ! Tu m'entends !

Rose sent la colère monter en elle. Il est capable du pire, et elle le sait. La voiture file et chaque mètre parcouru la plonge davantage dans l'effroi. Elle essaie de penser à une manière de sortir de cette situation, mais elle est tétanisée. Bryan la menace de plus en plus, sa voix est un torrent de haine.

Devant la porte de Rico, Rose laisse échapper un rire nerveux, un mélange de peur et de provocation. Elle se tourne vers Bryan, les yeux remplis de défi :

- Il n'est pas là. T'es content ? Maintenant, ramène-moi !

Mais au lieu de se calmer, Bryan serre les dents et appuie violemment sur l'accélérateur. La voiture rugit et fonce à nouveau dans les rues désertes de la ville, plongée dans le noir. Les lampadaires défilent à une vitesse effrayante. Rose sent l'air se compresser autour d'elle, son cœur bat à tout rompre. Elle le supplie, d'abord calmement, puis avec panique :

- Bryan, ralentis ! Tu vas nous tuer !

Mais ses paroles tombent dans le vide, étouffées par la rage de Bryan. Il ignore ses hurlements, accélérant encore plus, prenant les virages à des vitesses dangereuses. Rose n'a plus qu'une seule idée en tête : elle doit s'échapper. C'est sa seule chance. Ses mains tremblent alors qu'elle détache à nouveau sa ceinture. Elle sait que le prochain geste est fou, mais c'est sa seule échappatoire. Sans hésiter, elle ouvre la portière et, dans un geste désespéré, se jette hors de la voiture.

Le choc est brutal, mais son épais pyjama amortit sa chute. Elle roule sur le sol, le corps éraflé, mais elle ne ressent que l'adrénaline qui pulse dans ses veines. Rose se redresse rapidement, le souffle court. Elle ne se retourne pas. Elle n'entend même plus les cris de Bryan dans sa tête, juste le bruit de ses pieds frappant le sol alors qu'elle court. Elle court sans s'arrêter, sans réfléchir, chaque pas la rapprochant un peu plus de la liberté. Elle sait qu'elle doit trouver refuge au plus proche.

Rose court encore, les battements de son cœur résonnant dans ses tempes. Mais Bryan, plus rapide, la rattrape en quelques foulées. Il est à la fois choqué et furieux par son geste. Elle sent sa main s'emparer violemment de son bras, son étreinte brutale la stoppe net. Elle se débat, mais sa force dépasse la sienne.

- Qu'est-ce que tu fous, Rose ?! *hurle-t-il, la voix tremblante de colère.*

Ses yeux sont brûlants de rage, et sa poigne ne faiblit pas. Il l'attrape fermement par les deux bras et la force à remonter dans la voiture. Chaque mouvement est dur, sans ménagement. Rose tente de se dégager, mais il est trop fort.

- Remonte ! *ordonne-t-il, sa voix glacée.*

Elle n'a pas le choix. Elle tremble encore, bouleversée par la chute et par la peur qui la paralyse, mais Bryan ne lui laisse aucune issue. Il la pousse presque sur le siège passager, refermant la portière avec force.

- Je vais te déposer à la maison. C'est tout. *crache-t-il en démarrant, les phalanges blanchies sur le volant, son regard noir fixé droit devant lui.*

Rose reste silencieuse, son corps encore secoué par l'adrénaline, alors que la voiture reprend sa route dans le silence tendu.

Arrivés devant la maison, Bryan gare la voiture brusquement, le moteur ronronnant toujours. Sans un mot, il descend, laissant le contact allumé. Rose, épuisée et tremblante, reste figée sur son siège, trop sonnée pour réagir. Elle le voit marcher d'un pas rapide vers le garage, puis revenir quelques instants plus tard, une masse à la main et une cagoule noire enfilée sur la tête. Son cœur s'emballe à nouveau.

- Va te coucher, Rose. T'es crevée, non ? T'as pas besoin de rester là. *Sa voix est froide, presque détachée, comme s'il parlait de quelque chose d'insignifiant.*

Mais rien ne l'est. Tout dans cette scène est empreint d'une tension malsaine. Elle le regarde, stupéfaite, ses mains moites agrippant le siège. Le silence lourd l'écrase, et son instinct lui crie de fuir, mais ses jambes sont trop lourdes, son corps épuisé. Elle descend. Bryan, de son côté, s'éloigne à nouveau dans l'ombre, laissant Rose seule avec la peur et l'incompréhension qui la paralysent.

Lorsqu'elle ferme la porte derrière elle, un soupir s'échappe de ses lèvres. Encore une nuit à survivre, à naviguer dans cette tempête d'insécurités et de frustrations. Elle sait qu'elle ne pourra pas continuer ainsi indéfiniment.

Cinq minutes plus tard, Rose entend des bruits sourds venant de l'allée. Le cœur battant à tout rompre, elle décide de fermer les yeux et de faire semblant de dormir. Chaque son la rend plus tendue, et elle se concentre sur sa respiration pour paraître calme, malgré l'effroi qui l'envahit. La porte d'entrée grince lorsqu'il entre. Bryan avance dans la pénombre, et elle perçoit le bruit distinct de quelque chose lâché brusquement sur le sol du salon. Un frisson glacé lui parcourt le corps, mais elle reste immobile, les paupières serrées. Elle devine qu'il s'approche de la chambre, ses pas lourds résonnant dans la maison. Bryan se glisse dans le lit sans dire un mot. Il l'attire aussitôt contre lui, son bras se refermant autour de son corps. La poigne est possessive, presque étouffante. Rose lutte pour garder sa respiration régulière, ses muscles tendus sous cette étreinte forcée. Elle sent son souffle contre son cou, et chaque seconde passée ainsi lui semble interminable. Elle n'ose bouger, piégée dans cette proximité oppressante, son corps pressé contre le sien, tandis qu'une tempête d'émotions tourbillonne en elle. Après quelques secondes, il s'endort, elle respire enfin se détache de ses bras, en boule de l'autre côté du lit, elle pleure. L'action de la fin, c'était ça qu'il fallait peut être pour qu'elle réagisse.

✳✳✳

Le lendemain matin, après seulement deux ou trois heures d'un sommeil agité, Rose se réveille avec une idée claire et ferme : tout est bel et bien fini. Le poids des événements de la veille l'écrase, mais une résolution nouvelle la traverse. Elle ne veut plus vivre ainsi, avec la peur en toile de fond. Il est 15 heures lorsque

Bryan se réveille enfin. Il l'ignore, évite son regard, et sort fumer en silence, comme si rien ne s'était passé.

Rose, elle, en a décidé autrement. Elle s'assoit dans le salon, observant Bryan à travers la fenêtre, une cigarette à la main. Elle sait que ce moment est crucial. Elle rassemble son courage, se lève, et sort le rejoindre. Sans détour, elle demande :

-   Tu n'as rien à dire ?

Bryan souffle la fumée sans même la regarder.

-   Non, je fume.

Mais Rose ne se laisse pas déstabiliser. D'une voix ferme, elle réplique :

-   Bah moi si. Tu prends tes affaires et tu dégages.

C'était la dernière fois qu'elle vivrait dans la peur, elle en est convaincue. Elle le regarde fixement, prête à affronter ses réactions. Bryan la dévisage, surpris par son ton ferme et définitif.

-   T'es sûre ? *demande-t-il, l'air presque incrédule.*
-   Oui. *répond-elle sans hésitation, son regard planté dans le sien.*
-   D'accord. *dit-il simplement.*

Il écrase sa cigarette, se lève sans un mot de plus, et rentre dans la maison. Rose l'observe rassembler quelques affaires en silence, puis il part sans se retourner, refermant la porte derrière lui.

CHAPITRE 9.

Le soir même, Rose annonce à Rico sa séparation avec Bryan. Ils se retrouvent dans leur coin habituel, à l'abri des regards. Mais à peine a-t-elle prononcé ces mots que Rico la fixe, l'air dubitatif. Il la connaît trop bien, et la peur de la voir retourner une fois de plus vers Bryan l'empêche d'y croire pleinement. Il détourne les yeux, mal à l'aise.

- C'est vrai, Co. Je l'ai quitté pour de bon. *insiste-t-elle, sentant son scepticisme.*

Elle sent que ses hésitations passées le hantent, mais cette fois, quelque chose en elle a changé.

- Ce n'est pas pour toi que je l'ai quitté. *ajoute-t-elle rapidement, avant qu'il ne puisse douter davantage.* C'est pour moi.

Rico la regarde, un mélange d'espoir et de crainte dans les yeux. Elle continue, cherchant à ce qu'il comprenne l'essence de sa décision.

- Ta présence m'a permis de voir beaucoup de choses… de comprendre que je méritais mieux, mais ça n'a rien à voir avec toi. C'est ma vie. J'ai besoin de reprendre le contrôle.

Rico reste silencieux, toujours un peu méfiant, mais au fond, il sait que Rose est sincère. Pour la première fois, elle semble vraiment prête à avancer.

Rapidement, tout avance entre Rose et Rico, avec une fluidité nouvelle maintenant que Bryan n'est plus dans l'équation sentimentale. Le poids du passé s'allège peu à peu, et Rose se sent libre de vivre ce qu'elle ressent vraiment pour Rico, sans la peur de retomber dans les griffes de Bryan. Chaque jour, leur relation devient plus solide, plus naturelle, et elle retrouve en lui un soutien et une douceur qu'elle pensait ne plus jamais connaître. Mais Bryan n'est jamais loin, même s'il n'est plus physiquement présent. Les messages incessants qu'il lui envoie l'empêchent de tourner la page complètement. Certains jours, il lui écrit pour dire qu'elle lui manque, tentant de la manipuler avec des souvenirs ou des promesses de changement. D'autres fois, ses messages sont remplis de haine, alimentée par l'alcool. Lorsqu'il est ivre, Bryan la harcèle, lui envoyant des phrases violentes et crues comme : « Tu dois bien te faire retourner par Rico, hein ? » Ces mots la frappent toujours au cœur, la ramenant à la douleur de leur relation passée. Chaque insulte est un rappel de l'emprise psychologique et la peur qu'il est encore capable d'invoquer en elle, malgré tout. Mais Rose tient bon. Elle ne lui répond pas, effaçant les messages un à un, décidée à ne plus se laisser atteindre. Son avenir est ailleurs.

Après avoir passé presque tout leur temps ensemble ces dernières semaines, Rico et Rose décident de franchir une nouvelle étape. Pour la première fois, il passera la nuit chez elle. La décision se fait naturellement, mais avec une raison plus urgente : Bryan a prévu de venir le lendemain pour récupérer ses affaires. Rico n'aime pas l'idée que Rose se retrouve seule face à lui, encore une fois. Même si Bryan n'est plus dans leur vie de privée, son ombre plane toujours, menaçante.

- Je peux gérer. *assure Rose, avec une confiance qu'elle tente de faire paraître plus solide qu'elle ne le ressent vraiment.*

Mais Rico, malgré ses doutes, la laisse prendre ses décisions. Ce soir-là, il arrive chez elle, prêt à la soutenir, à être présent. Ils passent une soirée tranquille, confortablement installés devant un film. La lumière tamisée et l'atmosphère légère les enveloppent, et pour la première fois depuis longtemps, Rose se sent vraiment apaisée. Toutes les tensions, les peurs et les doutes s'effacent, comme si ce moment était hors du temps. Lorsque le film touche à sa fin, ils se dirigent vers la chambre, se glissant ensemble sous les couvertures. Rico la serre tendrement, blottie contre Rico, Rose sent sa chaleur l'envelopper, et son esprit commence à vagabonder. Dans l'obscurité, elle ferme les yeux et laisse ses pensées se dérouler, presque comme si elle se parlait à elle-même.

- C'est ça le bonheur ? Cette paix... Je n'aurais jamais pensé que ça puisse être si simple. Pourquoi est-ce que ça ne pourrait pas toujours être comme ça ? Juste lui et moi. Loin du chaos, loin des cris, des disputes et des larmes... -

Elle inspire doucement, son visage niché contre la poitrine de Rico, écoutant le battement régulier de son cœur.

- Je mérite ça, non ? Ce calme, cette douceur... -

Elle sourit doucement, mais son sourire est teinté d'une légère inquiétude.

- Mais est-ce que ça peut durer ? Est-ce que c'est réel ? Peut-être que je rêve encore, que demain tout va s'effondrer. Et Bryan... il sera là demain, avec ses affaires, avec ses reproches, et je devrai affronter tout ce qu'il représente. Mais... pour la première fois, je me sens prête. Je ne suis plus seule. -

Rose serre un peu plus fort la main de Rico, presque comme pour s'ancrer à lui, pour se convaincre que ce moment n'est pas une illusion.

- Avec lui, je me sens forte. Je peux affronter ce qui arrive, je le sais. Il m'a permis de voir les choses différemment, de comprendre que je mérite mieux que la peur, mieux que les insultes. Peut-être que c'est ça, le vrai amour. Ce n'est pas juste passionnel, c'est rassurant, c'est doux, c'est être là pour l'autre, quoi qu'il arrive. On ne sait pas vraiment ce que l'on est lui et moi mais pour moi ça semble réel. -

Elle ouvre les yeux un instant et les yeux de Rico sont braqués sur elle, il l'observe. Elle sourit.

- Je ne veux pas que ça change. Je veux que ce soit toujours comme ça. Peut-être qu'on ne peut pas tout contrôler, mais je sais que je veux protéger ce qu'on a. -

Sous les couvertures, l'atmosphère se charge lentement d'une douceur paisible à un désir de savourer cet instant. Le silence, seulement rompu par leurs respirations mêlées, semble les envelopper dans un cocon. Les mains de Rico caressent doucement le dos de Rose, glissant lentement le long de sa peau, traçant des lignes invisibles qui déclenchent des tendres frissons. Elle ferme les yeux, se laissant porter par la chaleur de ses gestes, une sensation de sécurité mêlée à un désir grandissant. Leurs regards se croisent, l'étincelle passe, non pas celle de l'urgence, mais celle d'une envie mutuelle, impatiente et profonde. Ro sourit timidement, son cœur battant plus vite, alors que Rico approche doucement son visage du sien. Leurs lèvres se frôlent d'abord, doucement, puis s'unissent avec plus d'intensité. Rico l'attire un peu plus près de lui, son souffle se faisant plus court contre sa peau. Ils se laissent guider par ce besoin de se retrouver, de se donner entièrement, sans pression ni précipitation. Tout est fluide, comme s'ils étaient parfaitement en phase, synchronisés par une alchimie naturelle. Leurs corps s'accordent, s'embrassent, se redécouvrent à chaque mouvement, dans une danse faite de gestes tendres et passionnés à la fois. Chaque caresse est un langage en soi, une manière de se dire ce qui est souvent trop difficile à exprimer avec des mots. Rose se laisse emporter, sentant en elle un mélange de passion et de tendresse, comme si tout ce qu'elle avait vécu la menait à cet instant précis. Plus rien n'existe autour d'eux.

Après leur étreinte, épuisés et apaisés, Rose et Rico se sont endormis, nus, l'un contre l'autre, leurs corps encore liés par la chaleur de leur moment partagé. La nuit est calme, presque trop silencieuse après l'intensité de leurs émotions, et leur sommeil est profond, enveloppé dans cette bulle de tendresse.

Le réveil de Rico sonne à 6 heures, un bip insistant qui rompt le silence feutré de la chambre. C'est l'heure à laquelle il se lève habituellement pour aller à la salle de sport. Grognon, il tend la main pour éteindre l'alarme et se retourne pour regarder Rose, encore blottie contre lui. L'idée de se lever l'effleure à peine qu'il sent déjà la fatigue lui alourdir les paupières. Il est sur le point de se rendormir quand un bruit soudain attire son attention. Dehors, une voiture s'arrête dans l'allée. Rico ouvre les yeux, son corps se raidit légèrement, tous ses sens en alerte. Il se redresse un peu, ses yeux scrutant l'obscurité à travers la fenêtre.

- C'est pas Bryan, par hasard ? *murmure-t-il, la voix basse mais tendue, le cœur battant un peu plus vite à l'idée que son calme pourrait être troublé.*

Rose, encore à moitié endormie, soupire doucement et resserre ses bras autour de lui.

- Laisse tomber… Ça vaut pas le coup d'aller voir. *Sa voix est douce, presque suppliée, comme si elle refusait de laisser la peur ou l'incertitude gâcher ce moment de répit.*

Rico la regarde un instant, puis acquiesce doucement, laissant retomber la tension. Il se rallonge à ses côtés, la prenant de nouveau dans ses bras. Le bruit de la voiture s'efface au loin, et la tranquillité de la nuit revient peu à peu. Enlacés, ils se rendorment, choisissant de savourer encore quelques heures de paix avant de devoir affronter le jour qui les attend.

Vers 10h, ils se réveillent enfin, étirant leur corps après une nuit paisible. Rico, toujours un peu somnolent, attrape par réflexe un des sweats pyjama de Rose posé au bord du lit. Lorsqu'il l'enfile, le vêtement est bien trop petit pour lui, moulant ses muscles de manière amusante. Rose éclate de rire en le voyant ainsi, un contraste adorable entre son corps sculpté et le pyjama qui semble fait pour une poupée. Elle le trouve attendrissant, à la fois imposant et doux. Alors qu'elle se redresse pour attraper son téléphone, elle voit un message de Bryan.

Je sais que t'es chez toi.

Son cœur se serre, une évidence se dessine. C'était bien lui ce matin, à 6 heures, devant chez elle. Elle se souvient du bruit de la voiture, du moment où ils ont choisi de ne pas se lever. Ce simple fait agace profondément Rico. Elle le sent se raidir à côté d'elle, son regard devenant plus sombre.

- Laisse tomber, ça n'en vaut pas la peine. Je suis avec toi, il ne me fait plus peur. *lui dit-elle, en posant une main rassurante sur son bras.*

Rico inspire profondément, cherchant à garder son calme. Il finit par céder à la douceur de Rose, son regard se détendant légèrement sous l'effet de ses paroles. Elle sait qu'il déteste l'idée que Bryan soit toujours dans leur vie, même de loin.

Après un moment, ils décident de partir se laver ensemble. Sous la douche, tout semble naturel pour Rose. Elle se sent complètement à l'aise avec Rico, plus libre que jamais, sans aucune gêne ni peur. Il la regarde avec tendresse, admirant sa beauté simple et vraie. Pour la première fois depuis longtemps, elle se sent en sécurité, entièrement elle-même. Alors qu'ils se préparent, le téléphone de Rico vibre. C'est Émile, son meilleur ami, qui le bipe pour lui rappeler qu'il doit quand même passer à la salle aujourd'hui. Rico, bien que réticent de quitter Rose, accepte finalement. Avant de partir, il retire sa veste et la dépose ostensiblement sur une chaise de la salle à manger.

- Je compte bien montrer ma présence. *dit-il, avec un sourire en coin, un mélange de jalousie et de protection dans la voix.*

Rose ne peut s'empêcher de sourire à son tour. Cette petite pointe de possessivité la touche, sans être étouffante. Pour la première fois, elle sent qu'elle n'est plus seule face au monde, et que, malgré tout, elle compte pour quelqu'un qui veut la protéger, sans jamais la briser.

Finalement, Bryan n'est pas passé. Comme à son habitude, il a trouvé une nouvelle excuse pour retarder la date de récupération de ses affaires, un prétexte de plus pour rester accroché à une situation qui ne lui appartient plus. Rose, en lisant son message, soupire légèrement. Elle n'est pas surprise, c'était presque prévisible. Chaque fois, il reporte, trouvant des raisons futiles, comme s'il espérait encore maintenir un lien, aussi fragile soit-il. Rico, déjà parti pour la salle, ne le sait pas encore, mais Rose devine sa réaction lorsqu'il l'apprendra. Un mélange de frustration et de soulagement. Il ne veut plus que Bryan ait la moindre emprise sur elle, et elle non plus, d'ailleurs. Pourtant, même si Bryan traîne, Rose se sent étrangement plus forte. Elle sait que cette histoire est terminée pour de bon, peu importe combien de temps il mettra à disparaître complètement de sa vie. Elle se fait la promesse intérieure que ce sera la dernière fois qu'elle laissera Bryan interférer. Avec Rico, elle commence à entrevoir ce que pourrait être une vraie relation, saine, sans manipulation ni peur. Bryan, avec ses manigances, appartient au passé, un passé qu'elle est prête à laisser derrière elle.

Toute la semaine s'écoule comme dans un rêve. Rose passe chaque après-midi chez Rico, comme ils en ont l'habitude, mais une nouveauté s'installe : chaque soir, Rico trouve une excuse pour repasser chez elle, prétextant vouloir fumer, mais restant des heures à lui consacrer du temps. Les discussions s'étirent jusqu'à tard dans la nuit, où tout semble simple et naturel, accompagné de fous rires . Leur relation, discrète mais intense, devient une routine qui leur fait du bien. Le week-end arrive, une autre nouveauté pour eux. Ils peuvent enfin se voir librement, sans les ombres du passé. Cependant, Rico est déjà engagé : son meilleur ami, Émile, a besoin de le voir. Cela ne dérange pas Rose, au contraire, elle apprécie que leur relation soit légère et équilibrée. Elle aime qu'ils puissent passer du temps séparément, qu'il sache prendre du temps pour ses amis sans que cela n'impacte leur complicité. Malgré tout, Rose a une idée en tête. Elle décide de lui faire une surprise le dimanche matin. Elle se lève tôt, se prépare avec soin, et part rejoindre Rico à son match dont il lui a tant parlé. Elle n'y va pas seule. Elle emmène son petit frère Oscar, ainsi que ses deux amis, Tim et Lenzo, pour partager ce moment. Quand elle arrive sur place, Rico est sur le terrain, concentré, mais quand il l'aperçoit, il est surpris. Son regard s'illumine en la voyant, un sourire spontané traverse son visage. Rose se sent heureuse d'être là, dans cet instant où tout est léger, naturel, et plein de tendresse. Elle réalise à quel point ce genre de moments, sans drame ni complications, est exactement ce dont elle avait besoin.

CHAPITRE 10.

Le lendemain, alors que l'après-midi se passe paisiblement, entre discussions et moments de complicité. Mais, au détour d'une conversation, Rico essaie une fois de plus de faire comprendre à Rose qu'elle ne peut pas continuer de répondre à Bryan. Il insiste, non seulement par jalousie, mais surtout parce qu'il voit à quel point cela est nocif pour elle.

- Il ne te laisse jamais en paix, *dit-il doucement, en posant une main rassurante sur son épaule.*

Son bien-être est sa priorité, et il le lui fait ressentir à chaque instant. À ce moment précis, Rose reçoit un message de Bryan.

Tu fais quoi ?

Rico jette un coup d'œil sur l'écran et s'agace aussitôt.

- Tu vois, je ne me trompe pas. Il ne veut pas comprendre que c'est fini entre vous. *grogne-t-il, ses sourcils froncés.*

Rose soupire. Elle sait qu'il a raison, et décide de ne pas répondre. Ça ne vaut pas la peine. Mais rapidement, les appels commencent à pleuvoir, suivis de vocaux. Devant Rico, elle met un écouteur pour les écouter, pas assez fort pour qu'il entende ces mots. Pourtant, il perçoit clairement des cris sortir du téléphone. Bryan est furieux, hurlant qu'il sait qu'elle a un autre compte Snapchat, comme si cela justifiait sa rage. Son ton est menaçant : "Je sais où tu es, et je vais venir régler ça."Aussitôt, une vague de panique submerge Rose. Son cœur bat plus vite, ses mains tremblent.

Rico le voit, et sans perdre son calme, il lui dit d'une voix ferme :

- S'il veut venir, qu'il vienne. Je te promets, je fais rien à condition qu'il te respecte. Mais on sait bien que ce ne sera pas le cas.

Ses mots sont lourds de sens, et Rose sait qu'il a raison. La situation pourrait mal tourner. Ne voulant pas mettre Rico dans une situation délicate, Rose décide de partir. Elle se lève précipitamment et attrape ses affaires. Elle préfère se rendre chez elle, là où elle sait qu'elle sera seule face à Bryan. Le cœur lourd, elle sort rapidement, le souffle court, appréhendant déjà ce qui l'attend.

Arrivée chez elle, Rose fait les cent pas, l'angoisse lui rongeant l'estomac. Elle sait que Bryan ne tardera pas. Chaque bruit dans la rue la fait sursauter, et son téléphone ne cesse de vibrer dans sa poche, des messages incessants de Rico. Il est inquiet. Elle est partie si précipitamment qu'elle n'a même pas pris le temps de le rassurer. Le dernier message, plus direct que les autres, la fait frémir.

Dis-moi si ça va. Je sens qu'il va mal réagir.

Elle s'assoit un instant, tentant de calmer les battements frénétiques de son cœur, mais c'est à ce moment que la voiture de Bryan déboule dans l'allée à toute vitesse. Les pneus crissent violemment sur les graviers, projetant des cailloux partout alors qu'il se gare en catastrophe. Rose se redresse, le souffle court, alors qu'il sort du véhicule en furie, son visage marqué par une rage sourde.

Il entre dans la maison sans frapper, sans même prendre le temps de respirer. Il s'approche d'elle d'un pas lourd, presque menaçant, son regard noir planté dans le sien. Sans prévenir, il attrape son haut, le soulève brutalement et tire sur son pantalon, exposant la lingerie délicate qu'elle porte. Un sourire cruel déforme ses lèvres, alors qu'il la scrute avec un mépris évident.

- Je le savais... t'es qu'une salope," *crache-t-il.* Tu dois bien te faire retourner par lui, hein ?

Rose reste figée. Elle pourrait trembler sous la violence de ses mots, mais quelque chose en elle a changé. Les paroles de Rico lui reviennent en mémoire, comme une ancre de calme dans cette tempête. Elle se rappelle sa voix apaisante, ses bras qui l'entouraient la veille. Ce sentiment de protection et de sécurité. Non, elle ne cédera plus.Elle le regarde droit dans les yeux, et un rire nerveux s'échappe de ses lèvres.

- On n'est plus ensemble, Bryan, *réplique-t-elle, d'une voix froide et maîtrisée.*

Chaque mot qu'elle prononce résonne comme un coup de marteau. Elle n'a plus peur, et cela le déstabilise.Fou de rage, Bryan exige son téléphone, ses yeux pleins de colère. Il veut voir, fouiller, contrôler. Mais Rose n'en peut plus. Elle est à bout.

-   Non, *dit-elle fermement, en se redressant.* Ça ne te regarde pas. Maintenant, pars.

Bryan reste là un moment, incapable de croire qu'elle lui tient tête. Il la menace vaguement, des représailles dans ses paroles. Furieux et impuissant, il finit par claquer la porte en partant, ses pas résonnant lourdement dans la maison vide.

Rose laisse échapper un long soupir, comme si un poids immense venait de lui être retiré. Elle sort son téléphone et voit les notifications de Rico s'accumuler.

Ça va ?

J'aurais dû venir avec toi.

Il est inquiet, probablement en train de se demander si elle est en sécurité. Elle se sent coupable de ne pas l'avoir rassuré plus tôt. Rico, toujours si attentif, si doux avec elle. Le dernier message la fait sourire malgré tout.

T'as oublié tes cigarettes.

T'es vraiment partie trop vite...

Un petit sourire lui échappe. Même dans l'inquiétude, il réussit à la faire sourire. Elle respire profondément, un peu apaisée. Elle lui doit des réponses, elle le sait.

Rose décide d'envoyer un message à Rico. Elle sait qu'il ne se contentera pas de quelques mots rapides par texto pour être rassuré, alors elle prend la décision de passer chez lui pour récupérer son paquet de cigarettes. En face-à-face, ce sera plus simple de le calmer, de lui montrer que tout va bien ou du moins, de lui faire croire que c'est le cas. Elle préfère éviter de lui parler des gestes déplacés de Bryan, de cette scène brutale où il l'a exposée sans son consentement. Elle ne veut pas alimenter l'inquiétude de Rico. Elle se gare devant chez lui, coupe le moteur, et soupire. Tout son corps est encore tendu de la confrontation avec Bryan, mais elle sait que dans quelques minutes, les bras rassurants de Rico la feront se sentir mieux.

Il sort de la maison avant même qu'elle n'ait frappé, son visage froid. Il tient son paquet de cigarettes, mais ce n'est pas vraiment pour ça qu'il l'attendait. Elle voit bien qu'il s'inquiète. Il lui tend les cigarettes, mais ses yeux restent rivés sur elle.

- Ça va ? *demande-t-il, sa voix pleine de ce mélange familier de tendresse et de nervosité.*

Rose esquisse un sourire, le genre de sourire qui ne monte jamais vraiment jusqu'aux yeux.

- Ouais, t'inquiète. Bryan est juste… Bryan.

Elle lui raconte brièvement la scène, sans entrer dans les détails de l'humiliation qu'elle vient de subir. Elle s'efforce de minimiser les choses, mais Rico fronce les sourcils. Il n'est pas dupe, et même s'il n'a pas tous les éléments, ce qu'il entend suffit à l'énerver.

- Je supporte pas ça, Rose. Qu'il te fasse encore du mal, qu'il te fasse flipper. Ce gars-là est une bombe à retardement, *murmure-t-il en passant une main dans ses cheveux, visiblement contrarié.*

Rose baisse les yeux. Elle sait qu'il a raison. Bryan est imprévisible, dangereux même. Mais ce n'est plus la même peur qu'avant. Pas celle de se sentir piégée. C'est une peur différente maintenant, une peur de ce que Bryan pourrait faire à Rico, de ce qu'il pourrait déclencher en lui. Elle ne veut pas que Rico en souffre. Pas lui.

Un instant, ses pensées dérivent, s'enfonçant dans des souvenirs douloureux. Elle se revoit immobilisée sous le poids de Bryan, ses doigts serrant son poignet jusqu'à laisser des marques, sa voix menaçante lui soufflant des mots qu'elle préfèrerait oublier. Elle se rappelle de toutes ces fois où elle a eu peur. Pas pour les raisons habituelles, mais parce qu'elle savait que si Bryan perdait le contrôle, il pourrait vraiment lui faire du mal. Elle secoue la tête, chassant ces images. Non, elle n'a pas cette peur avec Rico. Ce n'est pas du tout pareil. Avec lui, elle a seulement peur qu'il s'inquiète trop, qu'il se mette en danger pour la protéger. C'est un autre type de vulnérabilité, un autre type de peur, mais une peur tout de même.

- Je vais gérer, Co. Je te promets, je veux pas que tu t'en fasses pour ça.

Il la regarde, silencieux un instant, ses yeux exprimant tout ce qu'il ne dit pas. Puis, il soupire profondément.

- J'y peux rien, Ro. Ça me tue de savoir qu'il pourrait encore te blesser, d'une manière ou d'une autre.

Elle le sait. Mais elle sait aussi qu'elle doit le protéger autant qu'il veut la protéger elle.

Après cette conversation, Rose prend une décision ferme. Elle sait que la seule façon d'être véritablement en paix et de continuer à avancer avec Rico, c'est de couper définitivement les ponts avec Bryan. Il traîne encore pour récupérer ses affaires, comme s'il voulait garder un pied dans sa vie, un moyen de la maintenir sous son emprise. Elle ne peut plus le supporter. Rico lui a déjà exprimé son désaccord, et c'est la seule chose sur laquelle ils ne sont pas en phase. Lui, il voudrait qu'elle cesse tout contact avec Bryan, qu'elle ne lui laisse même plus l'opportunité de revenir sous n'importe quel prétexte. Il a raison, elle le sait. Mais Rose, elle, veut finir cette histoire proprement, sans laisser d'ambiguïté. Pour elle, tant que Bryan n'aura pas pris ses affaires, il restera un fantôme qui plane, une ombre sur son bonheur naissant avec Rico. Alors, elle décide de le forcer à venir les récupérer. Elle lui envoie un message simple, direct, qui ne laisse pas de place à la discussion.

Il faut que tu viennes chercher tes affaires ce week-end, sinon je les mets dehors. Je veux tourner la page. Ne réponds pas, viens juste les prendre.

Elle relit le message plusieurs fois avant d'appuyer sur envoyer. Elle sait que Rico ne serait pas ravi s'il savait qu'elle continue d'échanger avec Bryan, même pour régler cette dernière étape. Il a du mal à comprendre pourquoi elle veut que ce soit fait de manière officielle, qu'il vienne en personne. Elle sait que ça risque de créer une tension entre eux, mais elle tient à clore cette histoire à sa façon. C'est justement parce qu'elle est heureuse avec Rico qu'elle veut se débarrasser de ce poids. Être pleinement avec lui, sans que Bryan ne traîne constamment en arrière-plan. Elle a besoin de cette paix, pour elle, mais aussi pour pouvoir vivre pleinement cette chose hors du commun qui se passe avec Rico. Rico et Rose n'ont jamais vraiment mis de mots sur ce qu'ils sont. C'est comme si ça n'avait pas d'importance, du moins pas encore. Ils avancent ensemble, un pas après l'autre, sans trop se poser de questions. Pourtant, un soir, alors qu'ils étaient allongés l'un contre l'autre, Rico lui a avoué quelque chose qui le hantait depuis un moment. "Je ne sais pas si je suis prêt à me mettre en couple, Rose", avait-il murmuré, presque honteux de ses mots. "Ça me fait peur… mais je veux être là, avec toi, maintenant." Rose avait senti cette boule d'émotions dans sa gorge, mais elle ne lui en voulait pas. Elle comprenait. Ils étaient tous les deux un peu perdus, marqués par leurs blessures respectives. Mais malgré ces peurs, malgré l'absence de définition claire, quelque chose en eux savait. Ils se retrouvaient là, ensemble, jour après jour, comme une évidence. Ils n'ont peut-être pas de titre à poser sur leur relation, mais ils n'en ont pas besoin. Sans vraiment savoir ce qu'ils sont, ils se sentent, se comprennent. C'est comme un fil invisible qui les relie, quelque chose de plus profond que les mots ne peuvent expliquer. Et même sans promesses d'avenir, ce qu'ils vivent ici, maintenant, est authentique.

Elle soupire, espérant que cette fois, Bryan n'invente pas une nouvelle excuse pour retarder l'inévitable. Rose ne veut plus le voir dans les parages, ni dans sa vie. Elle veut pouvoir avancer, libre, aux côtés de celui qui lui apporte enfin douceur et sécurité.

***

Le week-end tant attendu est là, celui où Bryan doit enfin récupérer ses affaires. Rose sait qu'elle ne peut pas l'affronter seule cette fois, alors elle demande à Oscar, de rester avec elle. La présence de ce dernier la rassure, elle veut être certaine que tout se déroule sans accroc, mais elle est déterminée : cette fois, c'est vraiment la fin. Depuis le matin, Rico est tendu. Ses messages se succèdent, trahissant une jalousie qu'il tente pourtant de dissimuler. Il lui rappelle de garder la chaîne et le pendentif qui lui appartient, comme s'ils formaient une sorte de bouclier symbolique. "Garde-les sur toi, ok ?" lui a-t-il écrit. Puis, dans un autre message, il insiste qu'elle porte sa veste, celle qu'il a laissée chez elle, imprégnée de son odeur. C'est une façon pour lui de marquer sa présence dans la vie de Rose, même s'il n'est pas là. Elle sourit en coin, mais comprend sa nervosité. Quand Bryan arrive, il ne dit presque rien, l'air perplexe. Il la regarde rapidement, comme pour chercher un indice de changement, mais Rose reste froide, presque glaciale. Elle ne sourcille pas, décidée à ne montrer aucune faiblesse. Il commence à ramasser ses affaires, lentement, trop lentement. Chaque geste semble calculé pour étirer le temps, comme s'il espérait la faire changer d'avis, mais elle reste ferme.

- Prends ce que tu veux, ça m'est égal, *lâche-t-elle, d'une voix dure.*

Bryan, surpris par son ton, demande soudain les cadeaux qu'il lui avait offerts. Des objets insignifiants pour elle désormais, mais qui semblent avoir encore une valeur sentimentale pour lui. Elle les lui tend sans un mot, comme pour effacer les derniers liens qui les unissaient.Pendant ce temps, Rico perd patience. Chaque minute qui passe semble alimenter sa jalousie discrète. Les messages deviennent plus courts, plus secs.

Il prend son temps ou quoi ?

Il fait quoi ?

Rose répond calmement, essayant de ne pas le rendre plus nerveux. Mais Rico, à distance, imagine le pire. Sa jalousie éclate, bien qu'il tente de la masquer sous un ton faussement détaché.

Il passe plus de temps avec toi que moi...

On dirait que vous avez des trucs à régler.

Le venin dans ses mots est palpable, même à travers l'écran. Puis, dans un accès d'agacement, il finit par écrire.

Tu sais quoi, remets-toi avec lui, si c'est ce que tu veux.

De toute façon, on ne se verra pas ce soir.

Rose reste un moment à fixer son téléphone, le silence de Rico la pesant plus que les mots de Bryan. Elle sait qu'il souffre à sa manière, mais elle est fatiguée de cette situation. Sans se laisser envahir par l'émotion, elle répond brièvement à Rico, tentant de le rassurer. Mais son regard reste fixe sur Bryan, qui continue de rassembler ses affaires.

- Dépêche-toi, Bryan. Tu n'as plus rien à faire ici, *dit-elle, froide et inflexible.*

Elle veut que tout cela soit terminé, que Bryan ne soit plus une ombre dans sa vie, et que Rico comprenne une bonne fois pour toutes que, cette fois, c'est définitivement fini. Bryan l'observe brièvement cherchant une once de peur, il ne trouve rien dans le regard de Rose. Il finit par tourner les talons et s'en va.

Le soir arrive enfin, et Rose se sent soulagée d'avoir remporté cette bataille. Elle obtient le droit de passer prendre Rico, une victoire qu'elle savoure. Lorsqu'il monte dans la voiture, elle remarque qu'il est un peu plus calme, comme si l'idée d'échapper à Bryan le libérait d'un poids.

- Tu sais, la seule personne avec qui je veux passer du temps, c'est toi, *lui rappelle-t-elle, la voix douce mais ferme. Elle voit son regard s'adoucir et elle continue.* Bryan n'a plus sa place dans ma vie.

Tout en conduisant, elle lui explique brièvement les tensions de la journée, sans trop entrer dans les détails. Elle sait qu'il a besoin de sentir qu'elle est là pour lui, qu'elle ne revient pas sur ses choix. Elle insiste sur le fait qu'elle ne veut plus de cette relation toxique, et que maintenant, ils peuvent vraiment être libres.

Arrivés chez elle, l'atmosphère est totalement différente. Les souvenirs de Bryan semblent s'être évanoui dans l'air, remplacés par une légèreté bienvenue. Ils s'installent confortablement, profitant de cette nouvelle intimité. Chaque objet, chaque coin de la pièce respire le renouveau, comme si la présence de Bryan n'avait jamais existé. Ensemble, ils prennent le temps de savourer cette liberté retrouvée, leur complicité grandissant à chaque seconde.

Après un petit moment, Rose se glisse dans la baignoire, l'eau chaude caressant sa peau et enveloppant son corps dans une douce chaleur. La lumière bleu nuit projette des ombres délicates autour d'elle, créant une ambiance intime et mystérieuse. Le parfum du gel douche s'élève, mélangé à l'odeur apaisante de l'eau, et une musique douce s'échappe des enceintes, chaque note résonnant comme une promesse de passion.

Soudain, la porte s'ouvre et Rico entre. Son regard se fixe sur elle, brûlant de désir. Il se déshabille lentement, chaque mouvement dévoilant son corps musclé. Rico se tient là, son corps sculpté à la lumière tamisée de la pièce. Ses muscles, bien dessinés, témoignent d'un entraînement rigoureux. Les biceps se dessinent puissamment, tandis que son torse large et défini évoque une force tranquille. Chaque mouvement de son corps révèle des abdominaux ciselés, témoins de sa détermination et de sa discipline. Dans son dos, un tatouage attire particulièrement l'attention. C'est une croix catholique, ornée de détails finement travaillés. Les contours de la croix sont noirs et épais, accentuant son caractère audacieux. À l'intérieur, des motifs délicats s'entrelacent, formant un jeu d'ombres et de lumières qui donnent vie à l'encre. La croix, symbole de foi et de protection, s'étend majestueusement, se fondant dans la musculature de son dos, soulignant la force de son engagement spirituel. À chaque mouvement, le tatouage semble vibrer, sa présence rassurante et profonde. Les lignes du dessin suivent la courbure de ses muscles, comme si la croix était une partie intégrante de lui-même, renforçant son allure à la fois virile et sensible. En le regardant, Rose ne peut s'empêcher de ressentir un mélange de respect et d'admiration, fascinée par l'histoire que porte son corps, reflet d'un homme à la fois fort et empreint de douceur. Lorsque ses pieds touchent l'eau, elle sent un frisson d'anticipation parcourir sa peau. Il la rejoint, l'eau crépitant autour d'eux, et leur regard s'accroche avec une intensité palpable.

Leurs peaux se frôlent, une douce électricité s'installant entre eux. Les mains de Rico glissent le long de son dos, ses doigts explorant chaque courbe, chaque sensation. Rose ferme les yeux un instant, savourant la tendresse de son toucher, mais elle ne peut résister à l'envie de plonger dans ses yeux. Lorsqu'elle le regarde, son cœur s'emballe, captif de la passion qui les unit. Leurs lèvres se rencontrent, d'abord timidement, comme une promesse, avant de se muer en un échange brûlant. Chaque baiser est un mélange de douceur et d'urgence, leurs lèvres s'animant dans une danse hypnotique. Elle peut sentir la chaleur de son souffle sur sa peau, et à chaque contact, une vague de désir inonde son être.Rico l'attire à lui, leurs corps s'emmêlant dans l'eau, chaque mouvement renforçant leur connexion. Ses mains plongent dans ses cheveux, la tirant doucement vers lui, tandis qu'elle se perd dans l'intensité de son regard. C'est comme si le monde extérieur avait disparu, ne laissant que leur désir ardent. Les bulles éclatent autour d'eux, créant une aura de magie et de mystère. Rose se sent vivante, chaque sensation amplifiée, chaque souffle partagé est un acte de revendication. Ils plongent plus profondément dans leur passion, perdus dans cet instant où tout semble possible, où chaque geste, chaque regard, chaque baiser devient l'image de leur besoin mutuel de l'autre.

CHAPITRE 11.

Rose a décidé de se lancer pleinement dans son histoire avec Rico, sans réfléchir aux complications ni se poser de questions. Elle se sent tellement bien lorsqu'il est près d'elle, que l'idée même de douter lui semble lointaine. Il y a entre eux une énergie palpable, presque magnétique, qui fait qu'ils ne peuvent se passer l'un de l'autre. Même en passant des heures ensemble, jamais ils ne s'ennuient. Les moments sont toujours remplis de folies, de discussions légères où Rico trouve toujours le moyen de faire rire Rose jusqu'aux larmes avec ses blagues et son humour décalé. Lorsqu'ils ne sont pas ensemble, ils s'écrivent sans arrêt, comme si être séparés devenait insupportable. Ils sont dans une bulle, coupés du reste du monde, absorbés par leur bonheur simple mais intense. Un soir, alors que Rose pensait passer un moment avec Rico comme à leur habitude, elle se retrouve à devoir accueillir son petit frère Oscar, accompagné de Tim et Lenzo. Un peu perplexe à l'idée de mêler sa vie sentimentale à celle de ses proches, elle hésite avant de proposer à Rico de se joindre à eux. Elle craint un moment de gêne, une barrière invisible entre eux et Rico, mais elle finit par lui envoyer un message. À sa surprise, tout se passe merveilleusement bien. Rico arrive, s'intègre rapidement dans le groupe et se montre à l'aise avec les plus jeunes. Ensemble, ils jouent à la console, se charrient et partagent un moment convivial, comme s'ils se connaissaient depuis toujours. Entre deux parties, Rico jette des regards complices à Rose, la frôle discrètement, montre des petites attentions subtiles qui ne passent pas inaperçues. Rose observe la scène, souriant doucement, rassurée de voir que son monde et celui de Rico s'accordent si harmonieusement. La soirée se passe sans accroc, et elle réalise à quel point Rico trouve naturellement sa place dans sa vie, surtout dans les moments les plus simples.

***

Rico, après cette soirée marquante avec les garçons, devient progressivement une présence constante dans la vie de Rose. Ce changement n'a rien de planifier ou de discuter. C'est une évolution subtile, comme un glissement silencieux qui s'intègre dans la routine de leur relation. Les petits indices de cette cohabitation naissante apparaissent sans bruit : une brosse à dents qui trouve sa place dans la salle de bain, un t-shirt laissé sur une chaise, une paire de chaussettes dans le panier à linge. Puis, il y a ces casquettes, l'accessoire fétiche de Rico, qu'il laisse avec insouciance dans la chambre de Rose. C'est comme une marque territoriale discrète, un geste non verbalisé mais lourd de sens.

Pourtant, malgré cette installation progressive, ni Rose ni Rico ne ressentent le besoin d'aborder la question de façon explicite. Ils n'échangent pas sur la signification de ce nouveau chapitre, comme si mettre des mots risquait de briser cette harmonie naturelle. C'est un langage silencieux, fait de gestes quotidiens et de regards complices. Leurs journées s'enchaînent avec fluidité, le temps semble filer à une vitesse inaperçue. Ils vivent dans une sorte de bulle où chaque moment est en parfaite synchronie.

Il n'y a ni attentes pesantes, ni obligations tacites. Ce qui rend leur relation spéciale, c'est cette absence d'effort visible. Tout semble s'aligner, naturellement.

Que ce soit en riant ensemble d'une blague ou en partageant un silence paisible, il y a une simplicité désarmante entre eux. Pas de grandes déclarations ni de démonstrations exagérées, juste une présence réciproque, une compréhension implicite. Cette évidence qui grandit chaque jour sans qu'ils n'aient besoin de la nommer.

***

Un soir, après avoir passé du temps avec Oscar, Tim et Lenzo, ils montent se coucher. Dans leur lit, ils se taquinent comme des enfants. Les rires fusent entre les chatouilles et les petites morsures. Mais derrière ces jeux, il y a quelque chose de plus profond. Dans leurs regards, il y a une lueur, cette étincelle de bonheur pur, celle qui naît quand on est exactement là où on doit être. Pourtant, aucun des deux ne le dit à voix haute. Ils le savent simplement. Ils n'ont pas besoin de se dire qu'ils ont besoin l'un de l'autre, ils le vivent.

Les jours qui suivent ressemblent à cette simplicité. Rico est là, de plus en plus souvent. Il oublie presque qu'il a une autre maison. Un jour, fier de lui, il décide de cuisiner pour tout le monde chez Rose. La scène pourrait être sortie d'un film : Rose est assise sur le plan de travail, un géant sourire aux lèvres, pendant que Rico s'affaire aux fourneaux. Elle met la musique qu'il lui a demandée et l'observe, fascinée par sa manière d'être avec elle. De temps en temps, il lui tend une cuillère pour qu'elle goûte, cherchant son approbation avec un regard complice. C'est simple, mais c'est tout ce qu'il leur faut. Ils n'ont pas besoin de grand-chose pour être heureux, juste l'un et l'autre.

Puis, il y a ces moments où les silences sont aussi importants que les mots. Un soir, alors qu'ils sont dans la voiture pour fumer, Rico exprime un doute qui le ronge. Il avoue qu'au début, il pensait que Rose jouait avec lui, qu'elle n'était pas vraiment sincère. Rose est touchée, elle voit que cette pensée l'a marqué. Pour lui prouver le contraire, elle lui montre un texte qu'elle a écrit après leur dispute.

Rico lit attentivement, concentré sur chaque mot. À la fin, il la regarde, un sourire sincère sur les lèvres, et lui dit que c'est beau. Il admire son talent pour l'écriture, cette manière qu'elle a de mettre des mots sur ses sentiments, là où lui se sent souvent perdu.

Rose a toujours eu du mal à se livrer, mais avec Rico, c'est différent. Elle a une confiance aveugle en lui, comme si leurs âmes étaient connectées, sans raison logique. Mais il y a une histoire qui raconte qu'un rouge relie deux âmes destinées à être ensemble.

Au fil de la conversation, Rico parle d'Émile. Son ami a remarqué le bonheur que Rico ressent auprès de Rose et lui conseille de foncer, de ne pas laisser passer cette chance. Mais Rico a du mal à l'accepter. Il explique à Rose que son cerveau est compliqué, que faire un choix définitif lui semble impossible. Il sait que ce qu'ils ont est sincère, mais il a peur. Cette peur est profondément personnelle, enracinée dans des événements marquants de son passé. Il a traversé des moments de noirceur, des pertes, des douleurs qui l'ont profondément changé. À une époque, il voulait même en finir. Ces pensées sombres reviennent parfois, le poussant à s'isoler, à ne plus croire en lui.

Pour lui, il est difficile de croire que quelqu'un puisse vraiment l'aimer. Il pense que, tôt ou tard, il finira par la blesser. C'est pour cela qu'il n'ose pas se lancer dans une relation officielle avec elle. Il refuse d'être un poids pour Rose, surtout dans sa situation actuelle, sans emploi, sans permis. Il ne veut pas se présenter comme son copain devant ses parents alors qu'il ne peut pas se tenir à la hauteur. Pour lui, ce serait la pire chose qu'il pourrait lui imposer. Mais ce qu'il ne réalise pas, c'est que pour Rose, il apporte bien plus qu'un soutien matériel. Elle n'a jamais cherché cela chez lui. Ce qu'elle trouve précieux, c'est sa présence, son amour, sa manière d'être avec elle. Mais elle n'a pas besoin de le dire. Elle sait qu'il le comprendra un jour.

Ils continuent à se parler, à se comprendre même sans se dire tout. Leur connexion est leur véritable force, une capacité à se lire dans les silences, à se comprendre dans les désaccords. Ils s'analysent, s'identifient à l'autre. Ils sont pleinement eux-mêmes, sans avoir à se cacher. Et même s'ils ne se disent jamais explicitement qu'ils ont besoin l'un de l'autre, ils le savent. Ils se connaissent, s'acceptent, s'aiment pour ce qu'ils sont.

***

Alors que Rose s'éloigne pour répondre à un coup de téléphone, les garçons et Rico échangent des regards malicieux. Sans un mot, ils commencent à retourner tout ce qu'ils peuvent dans la maison, se contenant de ricaner. La table basse est renversée, le vase soigneusement disposé sur le buffet est mis de travers, et même les cadres sur les murs sont accrochés à l'envers. Rose, qui fait toujours attention à garder sa maison impeccable, est loin de se douter du petit complot en cours. Lorsqu'elle revient dans la pièce de vie, son regard se pose immédiatement sur le désordre inhabituel. Elle s'arrête, l'air perplexe, essayant de comprendre ce qu'il a bien pu se passer en si peu de temps. Les garçons observent en silence, retenant difficilement leurs rires, jusqu'à ce qu'elle les regarde, visiblement décontenancée. C'est alors qu'ils éclatent tous de rire, Rico riant le plus fort, fier de la farce qu'ils viennent de réaliser.

Rose les regarde, un sourire mi-amusé, mi-exaspéré aux lèvres. À cet instant précis, une prise de conscience la traverse. Elle se rend compte de la vie qu'elle a maintenant. Une vie remplie de rires, de moments simples mais précieux, partagés avec des personnes qui sont véritablement présentes pour elle, qui l'aiment et la respectent sans aucune manipulation, ni contrôle. Cette insouciance, cette complicité qu'elle n'aurait jamais cru possible après tout ce qu'elle a traversé, est désormais son quotidien. Elle est entourée de gens qui, comme Rico et ces trois garçons, l'acceptent et la rendent heureuse simplement par leur présence.

Pendant une fraction de seconde, elle laisse échapper un soupir de soulagement. Ce chaos joyeux et innocent qui l'entoure est bien plus précieux que tout ce qu'elle avait pu imaginer. Rose a enfin trouvé un espace de liberté et de bonheur, loin de l'ombre des relations passées, et cela la remplit de gratitude.

***

Rose accompagne Rico à son entraînement de football en salle. Dès que le match commence, Rico se met en avant, s'efforçant de montrer le meilleur de lui-même. Chaque geste est plus précis, plus rapide, et surtout, il ne cesse de la regarder. Assise sur le banc en bord de terrain, Rose observe, fascinée. Elle porte son pull préféré, celui de Rico, imprégné de son parfum. Le tissu doux contre sa peau et cette odeur familière lui donnent une sensation de confort, comme si rien de mauvais ne pouvait arriver tant qu'elle avait cette part de lui avec elle.

Rico, de son côté, ne la quitte pas des yeux. Juste avant d'envoyer une passe décisive ou de tenter une frappe, son regard se tourne vers elle, cherchant son attention. Et lorsqu'il marque, il la regarde immédiatement après, un sourire fier illuminant son visage. À chaque action, il se tourne vers elle, comme s'il voulait s'assurer qu'elle ait bien tout vu. Il s'arrête même plusieurs fois durant l'entraînement pour venir lui montrer, presque comme un enfant qui voudrait que sa mère soit fière. Mais pour Rose, c'est bien plus que ça.

Elle est hypnotisée par ses mouvements. Tout ce qu'il fait lui semble magique, que ce soit la manière dont il court, dribble ou frappe dans le ballon. Chaque geste, chaque regard dans sa direction la fait sourire. Elle se laisse aller dans ses pensées, bercée par l'odeur de son pull et la vision de Rico sur le terrain, fier, agile, fort. Le monde extérieur n'existe pas, il n'y a que lui, Rico.

***

Ce dimanche matin, comme à son habitude, Rose s'était levée tôt pour aller voir Rico à son match. Elle aimait cette routine, ce moment où elle pouvait l'observer sur le terrain, fier et concentré. Elle attendait simplement sa confirmation, pour s'assurer qu'il n'y ait pas d'imprévus avant de s'y rendre. Mais cette fois, le message qu'elle reçoit n'est pas tout à fait celui qu'elle attendait : Rico lui annonce la présence de sa mère.

Rose s'arrête un instant, perplexe. Ensemble, ils avaient décidé de ne pas mêler leurs parents à leur histoire, pas tant qu'ils ne seraient pas certains de ce qu'ils vivaient. Elle respecte cet accord tacite et se sent soudain déçue. Elle répond rapidement, en disant que c'est dommage et qu'elle ne viendrait pas finalement. Pour elle, il était clair qu'elle ne voulait pas créer de gêne en se retrouvant face à la mère de Rico sans vraiment savoir comment se comporter.

Mais Rico ne l'entend pas de cette oreille. Il lui demande pourquoi elle ne veut pas venir, insistant pour qu'elle soit là, malgré la présence de sa mère. Rose, un peu surprise, finit par accepter, bien qu'elle s'attende à être mise à l'écart. Elle imagine déjà Rico l'ignorer devant les yeux de sa mère.

Quand elle arrive sur le terrain, elle s'installe discrètement, observant les joueurs. Mais à sa grande surprise, Rico ne l'ignore pas du tout. Au contraire, il ne cesse de jeter des regards vers elle, comme s'il voulait s'assurer qu'elle était là. À la mi-temps, il vient directement la voir, restant près d'elle, discutant comme si de rien n'était. Rose, malgré son appréhension, se sent immédiatement apaisée. Elle n'était pas invisible à ses yeux, loin de là. Sa mère s'approche de Rose, ensemble ils discutent un petit moment puis le match reprend, tous deux concentrés par les actions de la même personne: Rico.

Le match terminé, Rico fait quelque chose d'encore plus inattendu. Avant de partir, il lui annonce qu'il passera chez elle tout à l'heure, sous les yeux de sa mère. Rose est surprise, mais dans le bon sens. Jamais elle n'aurait cru qu'il oserait annoncer cela devant elle, pas encore, pas à ce stade. Il la rassure doucement en lui disant qu'il ne resterait pas longtemps, sachant qu'elle doit réviser pour son partiel. Ce petit geste, pourtant anodin, la touche profondément.

Plus tard dans l'après-midi, fidèle à sa parole, Rico arrive chez Rose. Il s'installe à ses côtés alors qu'elle est plongée dans ses révisions. Silencieux d'abord, il l'observe en train de travailler, un sourire presque amusé aux lèvres. Puis, doucement, il s'intéresse à ce qu'elle fait, lui posant des questions sur son sujet, la rassurant sur sa capacité à réussir. Rose sourit. Elle est concentrée, mais la présence de Rico la rend sereine, comme si rien ne pouvait la perturber.

Sa main, douce et légère, glisse dans son dos, lui faisant des papouilles apaisantes. À chaque passage de ses doigts, elle sent son stress s'éloigner un peu plus. C'est dans ces moments-là qu'elle réalise à quel point il sait être présent pour elle, même sans mots, juste par de petites attentions. Ils restent ainsi, sans parler vraiment, mais la proximité entre eux est plus forte que jamais. Rose sait qu'elle a trouvé quelqu'un qui l'accepte telle qu'elle est, même dans ses moments de doutes.

***

Après ce fameux match, Rose décide qu'il est temps de présenter Rico à une de ses amies. Bien qu'elle n'ait que très peu d'amies filles, elle se sent prête à faire ce pas. Son choix se porte sur Lexie, une copine de classe avec qui elle partage une complicité rare. Elles se racontent tout, s'épaulent mutuellement, et Rose pense que Lexie saura accueillir Rico avec gentilesse.

Ils se rencontrent chez elle un après-midi ensoleillé. Dès son arrivée, Rico engage rapidement la conversation avec Lexie, dégageant une aisance naturelle. Son charme et son humour font rapidement tomber les barrières. Rose les observe, un sourire accroché aux lèvres, alors qu'elle voit Rico et Lexie échanger des plaisanteries. Sa facilité à interagir avec son amie la rassure, elle se sent de plus en plus à l'aise.

Un jour, alors qu'elle devait voir Lexie chez elle, Rose, un peu hésitante, propose à Rico de l'accompagner. Bien qu'elle n'ait pas vraiment d'espoir qu'il accepte, cependant à sa grande surprise, il est ravi d'y aller. Son enthousiasme est palpable, et cela touche Rose de le voir si impliqué.

Lorsqu'ils arrivent chez Lexie, Rico s'illustre en jouant avec le petit garçon de son amie. Il s'accroupit à sa hauteur, partageant des rires et des jeux, son regard pétillant de joie. Cependant, au fil des minutes, Rose remarque qu'il se retrouve un peu exclu d'une conversation entre filles. Elles discutent de leurs cours, de professeurs, de leurs projets d'études, des détails de leur vie académique. Rico, bien qu'il soit assis là, se retrouve à l'écart, comme un observateur silencieux.

Gênée pour lui, Rose s'inquiète de son inconfort. Elle se dit qu'il doit s'ennuyer à mourir, alors elle lui propose d'aller se rouler un joint, pensant que cela pourrait lui changer les idées. Mais il refuse avec un sourire, un regard sincère et engagé illuminant son visage.

- Non, vraiment, ça m'intéresse, *dit-il, avec une lueur d'enthousiasme dans ses yeux.*

En remontant dans la voiture, lors de leur départ, Rico relance la conversation sur le sujet de cours dont les filles parlaient. Il lui pose des questions précises, curieux de comprendre ce qui a été dit, avouant qu'il n'avait pas tout saisi. Ce geste délicat touche profondément Rose. Elle n'a pas l'habitude qu'on s'intéresse à elle ou à ses centres d'intérêts. Il n'a pas seulement voulu paraître poli ou faire plaisir, mais il a cherché à comprendre, à plonger dans son monde réellement.

Rico démontre une curiosité authentique, non seulement pour les matières qui préoccupent Rose, mais aussi pour elle-même. Il ne le dit pas explicitement, mais son intérêt à explorer son univers et à saisir ce qui l'anime ne lui échappe pas. C'est un geste subtil, mais chargé de signification. Rose réalise à quel point il cherche à la connaître en profondeur, à se rapprocher d'elle à travers des questions qui l'aident à comprendre ses passions et ses préoccupations. Cette attention délicate renforce la connexion entre eux, et Rose se sent vue, entendue, et appréciée d'une manière qu'elle n'avait jamais vraiment expérimentée auparavant.

Alors qu'ils roulent, elle ne peut s'empêcher de sourire. Un petit geste, une simple question, mais qui ouvre la porte à une intimité nouvelle. C'est une nouvelle dimension de leur relation qui s'illustre ici, une complicité plus profonde qui se renforce à chaque instant passé ensemble. Rose se sent prête à partager encore plus de son monde avec lui, réalisant que Rico est non seulement un partenaire, mais aussi un allié sincère dans cette exploration de leurs vies respectives.

CHAPITRE 12.

Alors que tout semblait aller pour le mieux entre Rose et Rico, un sentiment sournois de nostalgie s'immisce en elle, un écho d'un passé douloureux qui ressurgit par vagues. Les moments partagés avec Rico, pleins de rires et de complicité, contrastent avec l'absence persistante de son oncle, son "tonton chéri". Ce dernier a toujours été un pilier dans sa vie, celui qui l'encourage à poursuivre ses rêves, qui la serrait dans ses bras lorsqu'elle avait besoin de réconfort. Il était son confident, celui qui savait exactement quoi dire pour illuminer ses journées. Sa mort, survenue trop tôt, a laissé un vide béant dans son cœur, un chagrin qui ne cesse de la hanter.

Les souvenirs affluent, riches de moments partagés qui font monter les larmes aux yeux de Rose. Avec lui, elle se rappelle des virées en voiture, où ils discutaient de tout et de rien, même lorsque la destination était atteinte, continuant à échanger des histoires et des rires sur le trottoir. Chaque matin et chaque soir, ils s'envoyaient des messages de bonjour et de bonne nuit, une petite routine qui renforçait leur lien. Bien que peu tactiles, leur amour était palpable ; il savait comment la complimenter, comment la faire sourire, et elle pouvait toujours compter sur lui, peu importe la situation. C'était un homme qui apportait de la joie à ceux qu'il aimait, et pour Rose, il était la lumière de sa vie et surtout dans ses jours sombres.

Aujourd'hui, son absence est un mélange de colère et de tristesse. Elle ressent une profonde frustration envers l'univers pour lui avoir retiré celui dont elle était si proche. Le manque de son oncle la pèse, et l'inquiétude pour son avenir sans sa présence se profile comme une ombre menaçante. Il lui avait appris à gérer ses émotions, à s'apaiser, et sans lui, elle se sent parfois perdue.

Rose fait en sorte que son oncle soit toujours présent dans sa vie. Chez elle, des détails évoquent sa mémoire : des photos, des souvenirs de leurs discussions, des couleurs qui lui rappellent leur complicité. Rico a compris cela et lui a même offert un bracelet qui rappelle son tonton, conscient de son importance. Chaque fois qu'elle le porte, elle ressent un lien tangible avec lui et Rico, comme si une part de son oncle veillait sur elle, comme si c'était lui qui l'avait mis sur son chemin.

Elle imagine son tonton, fier de voir que quelqu'un aime sa nièce aussi fort que lui, heureux de savoir qu'il a laissé une empreinte durable dans sa vie. Il aurait été ému de la voir enfin heureuse, capable de prendre les décisions nécessaires pour son bien-être, et de s'ouvrir à des sentiments qu'il avait toujours encouragés. Chaque arcs-en-ciel lui rappelle les paroles de Rico qui lui a rappelé que même sans cette présence physique il est toujours là, chaque signe qu'il envoie. Son tonton c'est son arc-en-ciel ayant toujours été là autant dans les jours ensoleillés que dans les jours de pluie Son tonton lui avait toujours dit : « Même si je suis loin, je garde les yeux sur toi », une promesse qu'elle chérissait plus que tout au fond de son cœur.

Involontairement, elle commence à s'éloigner de Rico. Ce n'est rien contre lui ; sa présence est toujours aussi rayonnante, son sourire toujours capable de la faire fondre. Mais ce malheur qui habite son esprit l'entraîne dans une spirale de réflexions et de souvenirs. Elle s'isole, cherchant à traiter ses émotions seules, persuadée que le poids de sa tristesse pourrait assombrir le bonheur qu'ils partagent. Parfois, seule la musique et l'écriture parviennent à libérer son esprit tourmenté.

Elle se retrouve souvent dans les champs, au milieu des fleurs sauvages, cherchant un espace pour respirer et se reconnecter à elle-même. Mais alors qu'elle s'enfonce dans cette solitude choisie, Rico, comme par magie, semble apparaître au moment où elle s'y attend le moins. Il sait très bien qu'elle passe par là, et il se retrouve sur un banc près de chez lui, attendant patiemment. Il ne fait aucun commentaire, ne pose aucune question, il se contente de l'accueillir avec douceur.

Lorsqu'elle arrive, il l'enveloppe dans ses bras, la réchauffant de sa présence silencieuse. Ces soirées, passées à simplement se câliner, deviennent une bulle de réconfort pour Rose. Rico, avec sa patience infinie, lui offre un refuge. Il sait qu'elle traverse quelque chose de profond, mais il lui laisse l'espace nécessaire pour s'ouvrir à son rythme. Il la berce de sa chaleur, lui permettant d'oublier, ne serait-ce qu'un instant, le poids de son chagrin.

Elle réalise que, même dans ses moments de solitude, Rico est là, ancré à ses côtés. Il ne cherche pas à la forcer à parler de ses sentiments, ni à la pousser à sortir de sa coquille, mais sa simple présence est un soutien inestimable. Rose sent que l'amour qu'il lui porte est une lumière dans son obscurité, une promesse que, malgré les douleurs du passé, elle peut continuer à avancer.

Au fil des jours, alors qu'elle commence à apprivoiser cette nostalgie, elle découvre que la douleur peut coexister avec la joie. Les souvenirs de son tonton restent vivants en elle, mais elle apprend à les intégrer dans sa nouvelle réalité, à honorer sa mémoire tout en se permettant de vivre pleinement avec Rico. C'est un chemin difficile, mais elle sait qu'avec lui, elle n'est pas seule.

CHAPITRE 13.

Rose est chez ses parents, tentant de profiter de la journée malgré l'absence de nouvelles de Rico. Il lui a dit qu'il avait besoin de prendre l'air, et depuis, il est distant. Cela l'inquiète, ces derniers jours ont été remplis d'incertitude. Alors qu'elle essaie de ne pas trop y penser, son téléphone vibre. C'est lui. Sur le coup, elle est surprise, mais surtout intriguée. Elle se lève, sort rapidement pour répondre, cherchant un endroit calme.

Dès qu'elle entend sa voix, quelque chose la trouble. Rico semble détendu, mais son rire est nerveux, presque trop léger pour être sincère.

- L'autre m'a envoyé un message, il veut régler ça avec moi.

Rose s'arrête net, son cœur bat plus vite.

- Quoi ? *demande-t-elle, sa voix trahissant sa surprise.*

Elle n'est pas à l'aise avec cette idée. Pour elle, tout était censé être fini. Bryan, ses manipulations, ses provocations... tout devait être derrière elle. Elle pensait qu'il ne s'imposerait plus dans sa vie. Pourquoi maintenant ? Pourquoi Rico se retrouve-t-il mêlé à tout ça ? Elle avait espéré tourner la page définitivement, mais ce passé semble la rattraper.

- Rose, après tout ce qu'il t'a fait et toutes les horreurs qu'il t'a balancées après que tu l'aies quitté, je te promets, je vais lui faire mal.

Les mots de Rico frappent Rose de plein fouet. D'un côté, elle est touchée. Il veut la défendre, la protéger contre celui qui l'a blessée. Mais d'un autre côté, il ignore tant de choses. Il ne sait même pas la moitié de ce qu'elle a réellement subi. La souffrance silencieuse qu'elle a endurée, les humiliations, la manipulation constante. Elle se dit qu'elle doit être honnête avec lui. Elle lui doit la vérité. Mais pas comme ça. Pas maintenant. Pas au téléphone, alors qu'il est déjà en colère, prêt à s'en prendre à Bryan pour des choses dont il ne connaît que la surface. Elle sait qu'elle ne peut pas le laisser dans l'ignorance, mais elle refuse de le faire dans un moment d'énervement. Cela doit se faire en face, quand les tensions seront retombées.

- On a rendez-vous chez toi, *continue-t-il, son ton plus ferme.* Il vient demain à 18h. Je serai là bien avant, ne t'inquiète pas.

Avant même qu'elle ait le temps de réagir, de lui dire ce qu'elle ressent vraiment, Rico raccroche. Elle reste figée, le téléphone toujours à l'oreille, perdue dans ses pensées. Elle relit plusieurs fois les messages qu'il lui envoie ensuite, où il confirme son plan, prêt à affronter Bryan, prêt à en découdre. Chaque mot de Rico est une promesse de la défendre, mais aussi une montée vers un conflit que Rose redoute.

Elle prend une profonde inspiration. Comment Bryan a-t-il encore réussi à s'infiltrer dans sa vie ? Pourquoi tout ça ne peut-il pas simplement disparaître ? Demain, elle sait que ce ne sera pas qu'une confrontation entre Rico et Bryan. Ce sera aussi le moment où elle devra tout révéler à Rico. Tout ce qu'elle a gardé pour elle, tout ce qu'elle a souffert en silence.

Rose ne comprend pas ce brusque changement de comportement. Ces derniers jours, Rico avait été si distant, comme si quelque chose le pesait trop pour qu'il partage ses pensées avec elle. Elle avait senti cette froideur, cette absence qu'elle redoutait. Et là, tout à coup, il est de retour, tel un rempart devant elle, prêt à en découdre avec Bryan. Son attitude la laisse perplexe, mais elle n'a pas vraiment le temps de s'y attarder. Tout semble aller trop vite.

Ce soir-là, ils décident de se voir, dans le calme précaire de la soirée, Rose sent que quelque chose a changé chez Rico. Il est toujours aussi déterminé, mais la tension qui l'habitait tout à l'heure semble s'être légèrement apaisée. Ils sont assis côte à côte, le silence les enveloppe, et Rose sait que c'est le moment. Elle ne peut plus tout garder pour elle, pas maintenant, pas alors que les choses sont sur le point de basculer. Elle doit tout lui dire, tout ce qu'elle a enterré, tout ce qu'elle a caché pour ne pas être brisée une nouvelle fois.

Elle inspire profondément, cherchant ses mots, mais les images de son passé défilent déjà dans sa tête. Sa voix est presque tremblante lorsqu'elle commence à parler.

- Rico, je dois te dire des choses que je n'ai jamais osé raconter... pas même à toi, *murmure-t-elle, les yeux baissés.*

Il se redresse, surpris par le ton grave de sa voix, mais ne dit rien, la laissant poursuivre.

-   Ce que tu sais de Bryan… ce n'est que la surface. Il ne m'a jamais frappée, pas directement. Mais ce qu'il faisait, c'était bien pire.

Elle s'arrête un instant, le cœur lourd, avant de poursuivre.

-   Il me tenait, me saisissait les bras tellement fort… Ses mains me laissaient des bleus, là, sur mes bras, là où personne ne pouvait les voir. Il ne levait pas la main sur moi, mais… la violence psychologique… elle m'a détruite. Chaque mot, chaque menace me faisait douter de tout, surtout de moi-même.

Les souvenirs la submergent, et Rose lutte pour ne pas se laisser emporter. Elle continue, plus doucement, presque comme si elle se parlait à elle-même.

-   Tu te souviens de la fois où je suis partie de chez toi en urgence ? Ce soir-là… Bryan m'a déshabillée dès que je suis rentrée. Il m'a observée comme un objet, pas comme une personne, juste pour me rappeler que je lui appartenais encore. Que je n'avais aucun contrôle.

Elle sent le regard de Rico sur elle, mais ne peut s'empêcher de continuer. Elle doit tout lui dire, même ce qui la hante le plus.

-   Et puis, il y a son frère... Quand j'étais encore avec Bryan, son frère avait eu des gestes malsains envers moi... Je ne l'ai jamais dit à personne. Bryan n'a jamais voulu voir ça, il a fait comme si ce n'était rien. Mais pour moi, c'était une trahison de plus, quelque chose qui me rongeait de l'intérieur.

Rico serre les poings en l'écoutant, son visage durci par la colère qu'il tente de contenir. Mais Rose sait qu'il a besoin d'entendre tout, même si ça le déchire.

- Et toutes ces fois où il a cassé des choses, juste pour me faire peur... Il ne frappait pas, non. Mais il me laissait trembler de peur à chaque éclat de violence, à chaque regard noir.

Elle se tourne enfin vers lui, cherchant dans ses yeux un soutien, une compréhension.

- Rico... tu dois savoir tout ça avant demain. Parce que je ne veux pas que tu te battes pour quelque chose que tu ne connais qu'à moitié. Il m'a fait bien plus de mal que tu ne peux l'imaginer, et je ne sais pas si me venger est vraiment la solution.

Le silence qui suit est lourd, presque écrasant. Rico est figé, son visage dur, les mâchoires serrées. Il regarde Rose, profondément touché par tout ce qu'il vient d'apprendre. Ses yeux trahissent une tempête intérieure, un mélange de colère, de douleur, et de protection.

- Pourquoi... pourquoi tu ne m'as jamais dit tout ça ? murmure-t-il, la voix rauque.

Rose détourne le regard, un mélange de honte et de soulagement pesant sur ses épaules.

- Parce que je ne voulais pas que ça devienne ton fardeau. Mais je ne peux plus te cacher ça.

Rico reste silencieux un long moment après que Rose ait terminé de parler. Elle voit ses poings serrés, ses muscles tendus sous la peau, et elle sait qu'il essaie de maîtriser cette colère bouillonnante en lui. Il est là, figé, mais elle sent toute l'énergie de sa rage prête à éclater. Rose ne dit rien, elle lui laisse le temps de digérer ce qu'elle vient de révéler.

Puis, d'une voix plus grave qu'à l'accoutumée, Rico murmure, les yeux rivés sur le sol :

- Il va payer pour tout ça, Rose... pour chaque chose qu'il t'a faite.

Sa voix est tremblante de rage, mais aussi de peine. Il se tourne enfin vers elle, ses yeux remplis de douleur et d'incompréhension.

- Comment... comment est-ce que quelqu'un peut te faire ça ? Comment il a pu...? *murmure-t-il, sa voix se cassant à la fin de la phrase.*

Il inspire profondément, les yeux fermés, comme s'il cherchait à contenir cette tempête qui gronde en lui. Puis, ouvrant à nouveau les yeux, il pose sa main sur celle de Rose.

- Je comprends pourquoi tu n'en as jamais parlé, pourquoi c'était si difficile pour toi... Mais maintenant que je sais, Rose, je te le promets... je vais lui faire payer tout ce qu'il t'a fait subir.

Sa voix, bien que douce, est empreinte d'une détermination presque effrayante. Il ne laisse pas d'espace pour le doute. Pour Rico, il n'y a pas de retour en arrière. Bryan va devoir répondre de ses actes.

- Je savais que ce type était mauvais, mais pas à ce point. Il t'a brisée, Rose. Et rien que d'imaginer ce que tu as traversé... ça me rend malade. Je veux qu'il comprenne ce qu'il a fait, je veux qu'il souffre comme toi tu as souffert.

Il serre ses poings, visiblement envahi par une rage qu'il peine à contrôler.

- J'aurais dû être là pour toi plus tôt. J'aurais dû te protéger... je te promets que plus jamais il ne t'approchera. Jamais.

Rose voit la douleur dans son regard. Elle sait que tout ce qu'il ressent, ce n'est pas seulement de la colère. Il a mal pour elle, il ressent sa peine, et cela le touche au plus profond de lui. Rose sent la main de Rico sur la sienne, chaude, forte, et malgré la tempête qui gronde en lui, elle se sent étrangement en sécurité. Comme si, pour la première fois depuis longtemps, elle pouvait enfin souffler. Il est là, prêt à tout pour elle, et ça la touche plus qu'elle ne l'aurait imaginé. Mais au fond d'elle, un conflit se joue.

Elle sait que Rico veut la protéger, qu'il est prêt à affronter Bryan et à lui faire payer tout ce qu'il lui a fait subir. Mais ce n'est pas ce qu'elle veut. Pas vraiment. Elle ne veut pas que tout ça se transforme en violence, encore moins que Rico ait des problèmes à cause d'elle. Elle le connaît, elle sait que lorsqu'il est en colère, il peut perdre le contrôle, et ça l'effraie.

Pourtant, la manière dont il réagit, cette promesse de la défendre, de réparer ses blessures... ça la touche profondément. Elle se sent importante, protégée, et une partie d'elle trouve un réconfort qu'elle n'avait jamais connu avec Bryan. C'est bien plus que de la protection. Rico, même sans le dire, lui montre à quel point elle compte pour lui. C'est un sentiment nouveau, qui apaise une partie de son cœur. Mais cette même partie la pousse à vouloir le préserver, à l'empêcher de se laisser entraîner dans une spirale de colère.

Elle prend une profonde inspiration, les yeux baissés sur leurs mains liées. Tout ce qu'elle veut, c'est avancer, laisser ce passé derrière elle. Elle ne veut plus être piégée dans cette boucle de violence, de vengeance. Ce qu'elle désire, c'est retrouver une vie normale, loin de l'ombre de Bryan. Rose ne veut pas que Rico en vienne à perdre son calme, à faire quelque chose qu'il pourrait regretter. Elle sait que cette colère pourrait le conduire à faire des choses qui lui causeraient des ennuis, et elle refuse que ça arrive.

Elle relève les yeux vers lui, cherchant les mots pour lui faire comprendre. Elle sait qu'il est prêt à tout pour elle, mais elle ne peut pas le laisser sombrer dans cette colère qui pourrait tout gâcher.

- Co… murmure-t-elle doucement, hésitante.

Il la regarde, ses yeux toujours remplis de rage, mais aussi de cette tendresse qui lui est réservée. Rose serre doucement sa main, comme pour l'ancrer dans le moment présent.

- Je te remercie pour tout… Vraiment. Mais je ne veux pas que tu te battes pour moi. Pas comme ça. Pas avec Bryan. Tout ce que je veux, c'est tourner la page. Avancer. Je ne veux pas que tu aies des ennuis à cause de moi.

Elle sent sa voix trembler légèrement, mais elle continue.

- Ce qu'il m'a fait, c'est fini maintenant. Oui, ça m'a détruite à l'époque, mais je ne veux pas de vengeance. Je veux juste... être libre de lui.

Les mots sortent, lourds de sens, mais aussi pleins de vérité. Rose ne veut plus que Bryan soit une présence dans sa vie, même à travers la colère de Rico. Elle veut que cette histoire appartienne au passé, une page qu'elle pourra enfin tourner, avec lui à ses côtés.

Rico la fixe, son regard passant de la colère à quelque chose de plus doux, plus compréhensif. Rose sait qu'il l'écoute, qu'il comprend sa douleur. Mais elle espère aussi qu'il entendra son souhait : celui de ne plus se battre, de ne plus revenir en arrière.

Mais le lendemain, à 17h30 précises, Rico est là. Elle le voit, remonté, déterminé, une énergie sombre et nerveuse émanant de lui. Il est prêt à se battre, prêt à défendre Rose coûte que coûte, même si elle ne voulait pas que cela prenne cette tournure. Il guette le moindre bruit dans l'allée, ses muscles tendus, prêts à réagir au moindre signe de Bryan. Puis, lorsqu'il entend un bruit au loin, Rico s'avance sans hésiter. L'air est lourd, chargé d'une tension palpable. Il tend son téléphone à Rose sans un mot, son visage fermé. Elle le prend, hésitante, ne sachant pas vraiment ce qu'il attend d'elle. En regardant l'écran, elle voit la conversation qu'il a eue avec Bryan. Les messages s'enchaînent, remplis de provocation, d'insultes à peine voilées. Bryan, fidèle à lui-même, cherche la confrontation, comme s'il voulait pousser Rico à bout:

Toi sale fils de pute, on va régler ça.

Rose lit ces mots, et déjà elle ressent le poids de la haine que Bryan déverse. Elle se mord les lèvres, tentant de garder son calme. Elle sait que ce n'est que le début.

Dis moi du coup, elle baise bien la salope ?

Cette phrase la blesse profondément. Pourquoi faut-il toujours qu'il la réduise à ça, à quelque chose de vulgaire et déshumanisant ? Elle ferme les yeux un instant, essayant de reprendre son souffle. C'est ce qu'il fait toujours. Il ne la réduit à rien.

Tu as juste le seum parce que pendant

ce temps là, c'est moi qui la vois.

Ça vaut pas le coup gros pour que tu te battes.

Moi de base je m'en fous de toi,

toi qui cherche depuis qu'on se parle avec Ro.

Je sais tout ce que tu lui a fait !

Les échanges se font de plus en plus violents.

Je vais lui faire mal à elle.

Hahaha essaie.

Tu vas faire quoi la défendre ? Ce ne sont pas tes histoires.

Maintenant si.

Ces mots frappent Rose de plein fouet. Rico s'est impliqué à un point qu'elle ne soupçonnait pas. Lui, qui était resté en retrait, essayant de ne pas se laisser submerger par ses émotions, est désormais au centre de ce conflit. Bryan ne l'a pas juste provoqué, il l'a piégé dans cette spirale de violence. Et maintenant, Rico est prêt à tout pour elle. Elle est touchée par cette volonté de protection, mais une partie d'elle s'inquiète : jusqu'où est-il prêt à aller pour la défendre ?

Elle continue de lire, son regard glissant sur les messages suivants.

Toi tu as vraiment cru, tu allais

continuer à t'amuser comme ça.

Pourquoi pas, c'est pas toi qui va m'en empêcher.

Faut bien que quelqu'un te fasse comprendre.

C'est mignon tu la baises donc tu te sens obligé de la défendre.

Non ça fonctionne pas comme ça,

c'est une femme et toi tu es là

tu t'amuses à lui faire peur,

Tu as partagé cinq années avec elle.

T'es vraiment bizarre, tu peux juste la laisser tranquille.

Donc je vais te faire comprendre.

Rose voit bien que Rico garde son calme autant que possible. Il essaie de rester rationnel, mais elle sent à quel point il est blessé pour elle. Bryan essaie de minimiser ce qu'il a fait, comme si ses actes passés n'avaient aucune importance, et cela réveille en Rico une colère qu'il peine à contenir.

Tu sais rien, elle a voulu jouer,

elle paie c'est comme ça.

Mec, tu serais un homme, tu aurais une

simple discussion avec elle. Et c'est tout, toi tu es là,

tu ne l'a laisse pas tranquille.

Les doigts de Rose tremblent légèrement alors qu'elle continue de lire. Rico essaie de le raisonner, mais Bryan est incapable de comprendre. Il ne voit pas ce qu'il a fait de mal. Il ne reconnaît pas la douleur qu'il lui a infligée. C'est exactement ce qu'elle redoutait. Bryan n'a jamais pris la responsabilité de ses actes.

Tu la connais pas, tu veux juste

la baiser, je peux comprendre.

Franchement tu penses que j'en serai là

si c'était seulement pour la baiser.

Pourquoi pas, après tout je sais ce qu'elle donne au lit.

Elle s'arrête un moment sur cette phrase de Rico. Il exprime enfin ce qu'il ressent, ce qu'elle sait déjà. Pour Rico, ce n'est pas qu'une question de physique, c'est bien plus. Il est là pour elle, à chaque instant. Et c'est cette connexion qui l'a aidée à se reconstruire, même si Bryan ne pourrait jamais comprendre cela.

Le harcèlement de Bryan se voit dans les milliers de messages qu'il envoie à Rico.Le flot incessant de messages, de menaces, de provocations. C'est comme s'il ne pouvait pas s'arrêter, comme s'il avait besoin de garder un pied dans sa vie, même si c'est pour la détruire. Chaque message est un rappel de tout ce qu'elle a vécu, de cette emprise dont elle essaie encore de se libérer.

Puis viennent les dernières insultes :

Occupe toi bien de la psy avec qui tu baises.

Eh, elle a pas besoin que je m'occupe d'elle.

Ro est forte, elle sait très bien le faire.

C'est ce que tu crois,

elle mange ?

elle dort ?

elle fait plus de cauchemars ?

ses idées noires sont parties ?

Tu ne sais rien de cette pute.

Franchement quand je suis avec elle,

elle mange bien, dort bien, tout va bien en tout cas.

Tu insinues quoi exactement ?

Qu'avec toi, elle va mieux qu'avec moi ?

Je ne dis absolument rien, je constate juste.

...

Putain tu en passes du temps avec ton plan Q.

Wow tu as vu ça, c'est peut être

parce qu'elle et moi on s'entend bien.

Peut être aussi parce que c'est mieux qu'avec toi.

Hahaha ne te crois pas aussi important.

Oh tu sais mec, nous savons discuter,

parler de nous, on sait exactement ce qu'on veut.

Ro et moi, on s'est compris.

...

Oh on est pas en couple elle et moi.

Laisse là alors !

Pourquoi devrais-je le faire ?

Elle m'appartient.

Cette phrase résonne en elle comme un écho lointain, lourd de tout ce qu'elle a déjà entendu. C'est ce qu'il a toujours pensé. Qu'elle lui appartenait, qu'elle n'était qu'un objet à manipuler, à contrôler. Mais aujourd'hui, grâce à Rico, elle sent que ce n'est plus vrai. Elle n'appartient à personne.

Hahaha, t'as vraiment un problème.

...

Tu la baises, t'es content.

Non, Ro et moi c'est pas que du cul.

Elle connaît les ¾ de ma vie. Et elle est près de moi.

...

Tu ne sais rien d'elle, je la connais depuis toujours.

Et la preuve je la connais si bien que

je suis toujours dans sa vie.

...

Tu l'as prévenu que j'arrive ? Elle va avoir peur. Hahaha.

On t'attend.

Rose relève enfin les yeux du téléphone, le cœur lourd. Rico l'a défendue, s'est dressé contre Bryan pour elle, mais elle sait aussi que cette confrontation ne lui apportera rien de bon. Elle regarde Rico, qui attend sa réaction, les poings toujours serrés, prêt à en découdre.

- Tu comprends maintenant pourquoi je ne voulais pas en arriver là ? *murmure-t-elle, la voix pleine de fatigue.*

Rico hoche la tête, mais elle voit dans ses yeux qu'il est trop impliqué maintenant pour reculer. Il est prêt à tout pour elle, mais c'est cette même volonté de protection qui l'effraie. Rose se sent tiraillée. Elle sait que Rico fait ça pour elle, pour la protéger, pour venger ce qu'elle a subi.

Rico voit la douleur et la peur dans ses yeux devant cette conversation, sans même la regarder, murmure :

- Je te l'avais dit, Rose. Ça va s'arrêter aujourd'hui.

Arrive l'heure où il est censé arriver, bien évidemment personne. Rose, au fond, le savait. Ce qu'il aime c'est contrôler sa peur.

***

Ce soir-là, l'air était lourd de tension et d'attente, comme si quelque chose de significatif se profilait à l'horizon. Alors que Bryan avait cessé de répondre aux messages de Rico, Rose se sentait étrangement nerveuse en se dirigeant chez sa tante. Elle devait simplement lui déposer du tabac, mais cette tâche banale prenait une ampleur démesurée dans son esprit.

En arrivant devant chez sa tante, alors qu'elle se garait sur le côté de la route, une vague de tremblement l'envahit. Son cœur s'emballe en reconnaissant la voiture de Bryan qui se gare à quelques mètres d'elle. Un sentiment de désarroi s'installe alors qu'elle se rend compte qu'elle a oublié qu'il devait déposer son cousin qui prenait avec sa petite sœur à son cours de danse. L'angoisse et la peur se mêlent en elle, amplifiant son désir de faire demi-tour, mais il est trop tard.

Quand elle descend de sa voiture, une sensation de paralysie l'envahit. Elle se retrouve coincée entre le désir de l'éviter et la nécessité de faire face à son agresseur. Le regard de Bryan la transperce à travers le rétroviseur central, et elle sent une boule se former dans sa gorge. Elle ne peut s'empêcher de se rappeler les tensions récentes entre lui et Rico, et la crainte de ce que Bryan pourrait être capable de faire la paralyse.

À cet instant, Lya, la petite sœur de Bryan, court vers elle, un éclat de joie dans ses yeux pétillants. Elle s'élance dans les bras de Rose, la serrant fort contre elle, cette étreinte réchauffe le cœur de Rose, même si le malaise persiste. L'ombre de Bryan plane toujours, et elle sait qu'elle doit se dépêcher.

Puis, en un clin d'œil, Lya remonte dans sa voiture et Bryan démarre en trombe, laissant derrière lui une traînée de poussière et d'incertitudes. À peine le temps de franchir la porte de la maison de sa tante, le téléphone de Rose vibre dans sa poche. C'est Rico.

- Ça va ? Je sais que tu l'as vu, il m'a envoyé un message, *dit-il avec une tonalité d'inquiétude mêlée de curiosité.*

Le cœur de Rose rate un battement à l'entente de sa voix. Elle hésite un instant, cherchant les mots justes, mais elle se sent prise au piège entre l'envie de partager son trouble et la nécessité de protéger Rico de la peur qu'elle ressent face à Bryan. L'angoisse de devoir affronter cette situation pourrait facilement se transformer en un terrain glissant.

- Oui, ça va, on parle par message je viens de rentrer chez ma tante. *finit-elle par murmurer, feignant l'indifférence, même si son esprit est encore occupé par l'image de Bryan et la tension qui flotte dans l'air.*

La nuit était presque complètement tombée lorsque Rose rentra chez elle, une légère inquiétude la suivant comme une ombre. Rico, qui avait décidé de ne pas la laisser seule après la tension de la journée, la rejoignit peu de temps après son arrivée. Sa présence rassurante apportait un certain apaisement à son esprit tourmenté. Ils s'installèrent ensemble sur le canapé, et très vite, l'atmosphère se détendit. Ils passèrent une bonne soirée, riant et échangeant des histoires, leurs soucis s'évanouissant peu à peu dans la chaleur de leur complicité.

Cependant, l'instant de répit ne dura pas éternellement. Après un moment, Rico finit par rentrer chez lui, laissant Rose seule dans le silence du logement. À peine avait-il franchi le seuil de sa porte qu'un message de Bryan parvint à son téléphone. Rico découvrit avec une inquiétude grandissante que Bryan observait leurs aller-venus. Un frisson d'angoisse l'envahit quand il reçut un bip de Bryan lui demandant si Rose avait bien fermé sa porte d'entrée. Les mots résonnèrent dans son esprit comme un avertissement.

Simultanément, Rose entendit des bruits étranges venant de l'allée. Elle sentit un frisson parcourir son corps, consciente de la présence menaçante de Bryan à l'extérieur.

- Ro ? l'appela Rico, *sa voix trahissant une certaine inquiétude.* Assure-toi que tout soit bien fermé !
- Je vais vérifier, *répondit-elle, essayant de rester calme malgré la panique qui montait en elle.*

Elle se leva, le cœur battant la chamade, et se mit à vérifier chaque porte et chaque fenêtre, la nervosité la rendant un peu maladroite. Elle préféra rester en ligne avec Rico, cherchant du réconfort dans sa voix.

- Si tu veux, je peux venir, *proposa-t-il d'une voix ferme, prêt à affronter Bryan si jamais il était encore là.*

- Non, je préfère que tu restes où tu es. Cette journée a déjà été assez éprouvante pour moi, *insista-t-elle, sa voix tremblante trahissant son anxiété.*

Rose continue à vérifier les verrous, tendant l'oreille à chaque bruit suspect à l'extérieur. Chaque grincement du bois, chaque souffle du vent la faisait sursauter. Finalement, satisfaite que tout soit en sécurité, elle retourna dans son lit, laissant échapper un soupir de soulagement.

La fatigue pesait sur ses épaules, mais l'inquiétude persistait dans son esprit. Avant de raccrocher, elle souhaita à Rico une bonne nuit, espérant que le calme reviendrait et que les ombres de la journée s'effaceraient avec les ténèbres de la nuit. Malgré son désir de tout partager avec lui, elle fait toujours en sorte de ne pas l'inquiéter, cherchant à masquer ses propres tourments pour préserver la sérénité de leur relation. Pour autant, elle savait qu'une fois la lumière éteinte, les pensées sombres seraient toujours là, attendant patiemment de resurgir.

***

Le lendemain, la journée s'étire paisiblement pour Rose, qui est en stage. Elle s'efforce de se concentrer sur ses tâches, mais une petite ombre de préoccupation persiste au fond de son esprit. Ce qui la tracasse particulièrement, c'est que Bryan continue d'envoyer des messages à Rico. Chaque notification de son téléphone est une piqûre de rappel de la tension qui règne entre eux, et elle peut sentir l'aigreur grandissante chez Rico, chaque réponse de Bryan ne faisant qu'alimenter son irritation.

Rose sait pertinemment que répondre à Bryan ne fait qu'aggraver les choses. Elle réalise que ce que Bryan souhaite avant tout, c'est semer la discorde entre elle et Rico, créer un climat de méfiance et de tension. En dépit de cela, Rico insiste pour passer la nuit avec elle.

- J'ai envie d'être avec toi ce soir, *déclare-t-il d'un ton sérieux, presque protecteur.* Et puis, on ne sait jamais si Bryan décide de revenir, comme la nuit dernière.

La proposition de Rico réchauffe le cœur de Rose, mais elle ne peut ignorer l'angoisse qui l'accompagne. Elle sait qu'il veut s'assurer qu'elle est en sécurité, mais elle ne peut s'empêcher de se sentir coupable de l'inquiéter ainsi. Elle acquiesce, un léger sourire aux lèvres, tout en réalisant que la nuit sera probablement marquée par une tension sous-jacente, celle que Bryan a soigneusement cultivée.

La soirée est tranquille, enveloppée d'une douce chaleur. Rose se sent protégée, bercée par la présence rassurante de Rico à ses côtés. Dans son cœur, une force nouvelle émerge ; elle sait que tant qu'il est là, rien de mal ne pourra lui arriver. Elle rit aux éclats en écoutant les bêtises qu'il lui raconte, son humour lui permettant d'oublier, ne serait-ce qu'un instant, la tension et la violence psychologique que Bryan avait instaurées dans sa vie. Les histoires qu'il partage, parfois farfelues, semblent venir d'un autre monde, un monde où la légèreté règne en maître. Alors qu'elle se blottit contre lui, la tête sur son épaule, Rose se sent magique, transportée. Les doigts de Rico caressent doucement sa peau, et son souffle chaud dans son cou lui procure un frisson de réconfort.

Elle ferme les yeux, savourant chaque instant, chaque sensation. C'est un moment de pure complicité, une bulle d'intimité où elle peut laisser ses pensées vagabonder. Elle se rappelle les moments passés avec son oncle, celui qui avait ce pouvoir incroyable de lui faire oublier ses soucis, de lui insuffler la paix et la joie. À présent, en présence de Rico, elle ressent ce même apaisement. Elle n'a plus mal au ventre, sa respiration est enfin profonde et régulière. Elle n'a pas besoin de prêter attention aux bruits extérieurs, car tout ce qui compte se trouve ici, dans cette pièce, avec lui. Rose se laisse aller, portée par ce sentiment de sécurité. Ce soir-là, après tant de tempêtes, elle savoure la douceur de l'instant, un répit bienvenu dans le tumulte de ses émotions. Tout semble aller pour le mieux, et elle se perd dans le bonheur simple d'être là, avec lui, enveloppée dans un cocon de chaleur et de rires.

***

Le lendemain, la journée est identique à la précédente : Rose est en stage, immergée dans son travail, tandis que le téléphone de Rico vibre régulièrement avec les messages de Bryan. Cependant, Bryan adopte une nouvelle stratégie, tentant de jouer sur la jalousie de Rico. Il envoie une photo de lui et Rose, une image soigneusement choisie pour rappeler à Rico qu'elle semblait heureuse à ses côtés.

Rico ne se laisse pas abattre. Avec un sourire malicieux, il répond en envoyant à son tour des photos, chacune capturant un moment où Rose brille de bonheur en sa présence. Les images défilent sur l'écran, accompagnées de commentaires pleins de fierté et d'amour :

- Qu'est-ce qu'on est bien dans le canapé !
- Avec mon petit Oscar, on tape notre meilleur FIFA.
- Je prépare à manger pour Ro et les garçons, on a bien mangé !
- petite photo avec Rose dans la chambre
- Ro qui vient me voir au foot après sa journée, et le week-end à mes matchs.
- Et ma préférée : Ro avec mon maillot.

Chacune de ces images et de ces légendes montre à quel point Rose s'épanouit avec Rico, contrastant avec l'image que Bryan essaie de projeter. Les messages de Rico agacent de plus en plus Bryan, qui ne peut que critiquer, mais ses attaques tombent à plat. En désespoir de cause, il finit par écrire qu'il compte passer voir Rose le soir, avec l'intention claire de lui faire de sales choses. Rico éclate de rire à cette annonce, conscient de l'absurdité de la situation. Il sait qu'il tombera forcément sur lui, vu que Rose passe le chercher en fin d'après-midi.

Rose finit sa journée prévient Rico, qu'avant de passer le prendre elle compte prendre un bon bain pour se détendre. Enfin chez elle après une longue journée de travail. Elle se glisse dans la baignoire remplie d'eau chaude, un parfum relaxant flottant autour d'elle. Les bulles crépitent doucement à la surface, et la musique résonne à fond dans l'enceinte, enveloppant la pièce d'une ambiance douce et apaisante. Les rythmes entraînants lui font oublier les tensions de la journée, la plongeant dans un moment de pur bonheur. Alors qu'elle se détend, ses pensées vagabondent, se concentrant sur la mélodie qui emplit l'espace. Elle ferme les yeux, s'imaginant ailleurs, loin du stress et des responsabilités.

Elle tend la main vers son téléphone, immergé près du bord de la baignoire. En déverrouillant l'écran, elle est soudainement frappée par une notification : six appels manqués de Rico. Une vague de confusion la traverse. Pourquoi autant d'appels ? Est-ce que quelque chose ne va pas ? La musique s'évanouit au fond de sa conscience, remplacée par une montée d'angoisse.

Elle compose rapidement le numéro de Rico, espérant qu'il puisse éclaircir la situation. Lorsque son appel aboutit, la voix de Rico résonne, frénétique et pleine d'urgence, à l'autre bout du fil.

- Rose ! *hurle-t-il presque, la panique palpable dans sa voix.* … Reste dans ta salle de bain… il est là… j'arrive !...

Ses mots résonnent dans son esprit comme une cloche d'alarme, lui laissant une sensation de froid dans le ventre. Elle ne comprend pas ce qui se passe, mais le ton de Rico la terrifie. Elle reste figée, pétrifiée, le cœur battant à tout rompre. Les bulles dans la baignoire semblent s'évaporer, remplacées par une tension insoutenable. Elle réalise qu'elle doit faire quelque chose, mais ses membres

117

semblent paralysés. Elle coupe la musique et cherche à écouter. Le silence de la maison, d'ordinaire apaisant, devient oppressant. Elle se retrouve plongée dans l'incertitude, ses sens en alerte, écoutant attentivement le moindre bruit à l'extérieur, son cœur tambourinant dans sa poitrine.

À peine trois minutes après l'appel troublant de Rico, Rose reste figée dans sa baignoire, le cœur battant la chamade, lorsqu'elle entend soudain la porte d'entrée claquer avec force. Le bruit résonne dans le silence pesant de la maison, une présence vive et déterminée se fait rapidement sentir. Elle retient son souffle, écoutant attentivement. La personne à l'extérieur fait le tour de la maison, les pas résonnent sur le sol comme un écho inquiétant, chaque bruit lui donnant l'impression d'une intensité croissante. Le cœur de Rose se serre alors qu'elle se demande qui cela peut bien être. Finalement, elle entend Rico crier à travers la porte de la salle de bain, sa voix chargée d'une tension palpable.

- Rose ! Ouvre-moi ! Je sais qu'il est là.

La peur s'empare d'elle. Elle ne comprend pas ce qui se passe, mais l'urgence dans la voix de Rico la pousse à agir. Tremblante, elle ouvre la porte. À ce moment, elle le voit, son regard noir et torturé, une colère qui semble bouillonner sous la surface. Le contraste entre la douceur des bulles de son bain et la fureur palpable de Rico est saisissant.

- Il n'y a personne, *murmure-t-elle, mais sa voix ne semble pas suffire à apaiser la tempête en lui.*

Rico, loin de se calmer, s'emporte davantage.

- Passe-moi ton téléphone ! *hurle-t-il, sa voix résonnant comme un coup de tonnerre dans l'air chargé de tension.*

Rose, sans hésitation, lui tend son téléphone. Elle ne comprend toujours pas la gravité de la situation, mais elle voit la détermination dans les yeux de Rico, un mélange de rage et d'inquiétude. Il récupère rapidement le numéro de Bryan, puis se tourne vers elle, une lueur d'urgence dans son regard.

- Quelle est son adresse ?

Elle lui donne sans réfléchir, presque automatiquement, réalisant à quel point les choses ont pris une tournure inquiétante. Rico, les mâchoires serrées, explique qu'il vient de recevoir une vidéo de Bryan. Il s'agit d'une vidéo filmant la porte de la salle de bain, montrant qu'il sait exactement où elle se trouve.

- Il va trop loin, *dit-il, sa voix trahissant une colère sourde.* Je vais aller le trouver et je vais le tuer.

Rose, secouée par ses paroles, se sent tiraillée. Une part d'elle veut le retenir, mais une autre sait que Rico est déterminé.

- Fais ce que tu veux, mais fais attention à toi, *lui dit-elle, la voix tremblante mais résignée.*

Elle sait qu'il n'écoutera pas ses doutes.

- Oui ne t'inquiète pas bébé.

Il sait bien qu'elle s'inquiète toujours.

Elle aperçoit une ombre à la porte, la présence d'Émile qui l'attend à la porte d'entrée ne présage rien de bon, elle se demande si tout cela est réel, si elle est en train de plonger dans un cauchemar dont elle ne peut s'éveiller. Les deux disparaissent aussi vite qu'ils sont arrivés. Rose est toujours là entouré d'une serviette.

Je t'envoie un message quand tu

peux démarrer pour passer me prendre,

en attendant tu reste chez toi. Tu ne sors pas.

Rose se prépare, le cœur lourd et le corps en apesanteur. Chaque geste est fait machinalement, presque comme si elle se déplaçait dans un brouillard. Elle se regarde dans le miroir, mais son reflet lui semble étranger. Elle évite de montrer la moindre émotion qui pourrait trahir son angoisse, ses traits figés dans un masque d'impassibilité. L'ombre de Bryan, ce souvenir douloureux d'une intégrité violée, l'étouffe. Elle ressent une honte sourde pour tout ce que cela entraîne, pour ce qu'elle inflige à Rico.

En sortant de chez elle, le temps est gris et morose, des gouttes de pluie s'écrasent sur le bitume, résonnant comme un écho de ses pensées tourmentées. Elle grimpe dans la voiture, le silence pesant de l'habitacle lui serre la poitrine. La nervosité flotte dans l'air, palpable, comme une tension électrique avant l'orage.

Lorsque Rico arrive, son regard noir est accentué par une nuance de peur qu'il cache difficilement. Ses épaules sont droites, prêtes à bondir à la moindre menace. Rose sait qu'il s'inquiète, et cette inquiétude lui pèse. Elle tente de lui montrer que tout va bien, que rien ne lui est arrivé. La main de Rico se pose doucement sur sa cuisse, un geste qui cherche à apaiser à la fois son propre stress et celui de Rose.

Ils s'éloignent de chez Emile, l'esprit encore embrouillé par les événements récents. Rose garde le silence, consciente que chaque mot qu'elle pourrait prononcer risquerait de trahir son malaise. Pourtant, au fond d'elle, elle ressent une colère intense pour ce que Bryan fait vivre à Rico. L'idée que cet individu puisse avoir la moindre emprise sur leur bonheur la révolte. À l'intérieur, elle est en proie à une tempête de pensées. Elle pense à ce qui aurait pu arriver, à la manière dont Bryan pourrait lui faire du mal. Pourtant, Rose s'efforce de garder cette peur bien cachée, consciente qu'elle doit être forte pour Rico. Mais alors qu'ils traversent la ville sous la pluie, elle sent son cœur se tordre. Elle ne veut pas qu'il s'inquiète davantage pour elle, même si chaque battement lui rappelle la douleur de ce qu'elle endure.

En passant devant chez lui, Rico demande à Rose de s'arrêter. Son ton est ferme, déterminé. Elle lui jette un regard interrogateur, mais elle comprend rapidement qu'il n'est pas question de la laisser seule, encore une fois. Il sort de la voiture se dépêchant de rassembler des affaires et revient avec une précipitation qui témoigne de son inquiétude, et Rose le regarde, son cœur se serrant un peu plus. Il semble prêt à tout pour la protéger, et cette attention la touche profondément.

Arrivés chez elle, Rico sort une batte de baseball de son sac. Il la brandit devant elle, son expression est sérieuse, presque grave.

- J'aurais voulu te donner plus, *dit-il en lui tendant l'objet,* mais au moins tu as un minimum pour te défendre si quelque chose se passe et que je ne suis pas là.

Rose regarde la batte, un mélange de surprise et de réconfort l'envahit. Elle le comprend cette simple action, bien que brutale, lui procure un sentiment de sécurité. Elle hoche la tête, les mots coincés dans sa gorge, reconnaissant son besoin de se défendre dans ce monde qui lui semble de plus en plus menaçant.

- Merci, *murmure-t-elle, sa voix à peine audible, tandis qu'elle prend la batte entre ses mains, la serrant comme si c'était un talisman.*

La pièce est empreinte d'une tension palpable, et elle sent que cette batte n'est pas simplement un outil de défense, mais un symbole de la force de Rico, de son dévouement. Alors qu'il lui explique les différentes façons d'utiliser la batte en cas de besoin, Rose réalise qu'elle n'est pas seule dans cette lutte. Rico est là, à ses côtés, prêt à affronter la tempête avec elle. Ses méthodes la font rire, il est là à expliquer comment casser correctement un genou, où taper exactement, l'angle à prendre…

Rico a bloqué Bryan, espérant ainsi ramener un semblant de paix dans sa relation avec Rose. La nuit tombe doucement, et une atmosphère apaisante envahit la pièce. Collés l'un à l'autre, ils ressentent une connexion profonde, comme s'ils avaient l'impression de se perdre un peu plus chaque jour dans ce cocon de sécurité qu'ils partagent. Les événements récents semblent s'éloigner, laissant place à un soulagement palpable.

Rose, la tête posée sur le torse de Rico, écoute le battement régulier de son cœur comme elle en a l'habitude. Cette mélodie rassurante lui rappelle qu'elle n'est pas seule, que malgré la tempête qu'ils viennent de traverser, il est là, présent et protecteur. La lumière tamisée de la pièce crée une ambiance intime, tandis que le silence enveloppe leur conversation, permettant à leurs pensées de s'épanouir sans crainte.

- J'ai eu si peur, *confie Rose, sa voix à peine audible.* Mais je sais que tu es toujours là pour me protéger. *Elle cherche dans ses yeux cette assurance, ce soutien inconditionnel qu'il lui offre.*

Rico, avec un sourire tendre, lui répond en plaisantant:

- Tu sais que je préfère lorsque tu es aigrie que triste.

Son ton léger fait naître un sourire sur le visage de Rose, apaisant un peu ses craintes. Cette légèreté est comme un souffle d'air frais, une invitation à se concentrer sur les moments simples comme ils ont l'habitude de le faire.

Cependant, au fond d'elle, Rose ne peut s'empêcher de ressentir une ombre de doute. La complexité de ses émotions et de son passé la taraude, et elle craint que tout cela ne le fasse fuir. Mais pour l'instant, elle se permet de savourer cette tranquillité retrouvée, consciente qu'elle n'a pas besoin de masquer ses peurs devant lui. Le silence qui les entoure est complet, propice à la contemplation. Elle repense à son regard espiègle lorsqu'il se moque d'elle en répétant qu'elle est aigrie. Ce regard, si vivant, lui rappelle que malgré les tempêtes, ils ont toujours cette capacité de rire ensemble, de se comprendre au-delà des mots.

La nuit avance, et dans ce havre de paix, Rose trouve un réconfort qu'elle n'a connu que dans ses bras à lui, sachant que, quoi qu'il arrive, Rico est là, prêt à veiller sur elle.

***

Après ce qu'il s'était passé avec Bryan, Rico s'est montré très présent et protecteur. Chaque jour, entre les midi, il l'appelle pour s'assurer qu'elle a bien mangé, que tout va bien. Elle se sent chérie par son attention constante, et il dort pratiquement tous les jours avec elle, ce qui lui apporte une chaleur réconfortante. Cependant, Rose ne peut ignorer les périodes d'absence qu'elle observe chez lui. Parfois, elle sent qu'il s'éloigne, qu'il se renferme sur lui-même, comme une ombre insaisissable. Quand il est là, il semble inquiet dès qu'elle bouge, mais ces moments d'absence la laissent perplexe.

Un jour, alors qu'elle rentre chez sa tante avec son petit cousin, Amaru, elle décide de filmer la route, comme à son habitude. La vidéo montre les pieds d'Amaru qui battent au rythme de la musique dans la voiture. Lorsqu'elle partage ce moment, elle remarque un changement dans le comportement de Rico ; un petit éclat de jalousie, discret mais perceptible, traverse son regard. C'est une réaction qu'elle ne comprend pas complètement, mais qui l'intrigue.

Au cours de la journée, pendant qu'elle est en stage, Rico lui parle sans cesse. Il semble avoir besoin de garder un contact permanent, lui envoyant des messages pour vérifier qu'elle va bien. Mais il arrive aussi qu'il disparaisse, parfois pendant plusieurs jours, comme s'il luttait contre une tempête intérieure. Cette dualité la trouble ; elle souhaite être là pour lui, mais elle se sent parfois comme une spectatrice de ses émotions.

Ce vendredi, cependant, il part à un festival pour voir son artiste de "boumboum" préféré : Barber. Avant de partir, il lui assure, presque comme s'il devinait ses doutes, qu'il ne pensera qu'à elle, peu importe les filles qu'il pourrait croiser là-bas.

- Je sais que tu seras ici à m'attendre, *lui dit-il avec un sourire rassurant.*

Ces mots touchent profondément Rose ; elle sait qu'elle peut avoir confiance en lui.

Rico part à dix-huit heures, lui souhaitant une bonne soirée. Elle le laisse profiter de son temps, mais son subconscient la réveille à cinq heures du matin. En ouvrant les yeux, elle découvre que Rico lui a envoyé de nombreuses vidéos de sa soirée. Dans chacune d'elles, il semble s'amuser tout en lui rappelant sa présence. Il lui a également envoyé un message pour l'informer de son retour du festival, lui disant qu'il va bientôt dormir. Elle lui répond automatiquement, un sourire aux lèvres, contente qu'il ait pensé à elle, même au milieu de toute cette effervescence.

Alors qu'elle regarde les vidéos, elle sent un mélange de fierté et de bonheur. Malgré les ombres qui planent parfois sur leur relation, elle sait qu'ils partagent un lien solide, une connexion que rien ne pourra briser.

CHAPITRE 14.

Vers quinze heures, le téléphone de Rose vibre avec l'arrivée d'un message vocal de Rico. Elle l'ouvre avec impatience, son cœur battant d'excitation. Son visage s'illumine en voyant son nom. Rico est de bonne humeur, son enthousiasme rayonne à travers l'écran.

- C'était incroyable ! *dit-il avec un ton débordant d'énergie.*
- Je suis contente que tu te sois bien amusé ! *répond Rose, son sourire s'élargissant. Elle se sent apaisée en entendant qu'il a passé un bon moment.*
- Je suis crevé, par contre, *continue-t-il en soupirant, mais sa voix est légère, presque joyeuse.*
- Tu m'étonnes, c'était pas de tout repos, *lui dit-elle, un petit rire échappant de ses lèvres. Elle imagine déjà ses aventures, dansant, riant avec ses amis au festival.* Merci de m'avoir prévenu que tu étais bien rentré après ça, franchement, ça compte pour moi, *avoue-t-elle, la chaleur d'une douce gratitude l'envahissant.*

- Je suis désolé de ne pas t'avoir parlé, j'avais plus de batterie, vraiment, je suis désolé, *il semble un peu gêné, mais elle peut sentir qu'il est sincère.*
- Non mais, Co, je suis sincère. Tout ce dont j'avais besoin, c'est de savoir que tout s'était bien passé. Elle se veut rassurante, pour lui montrer qu'il n'a pas à s'en vouloir.
- Oui, mais j'aurais dû te parler, *insiste-t-il, comme s'il avait besoin de réparer une petite erreur.*
- Non mais c'est mieux comme ça, tu as pu profiter totalement de ta soirée. Pleinement. Ça va, je te jure. *Elle s'efforce de lui faire comprendre qu'il n'a pas à se sentir mal.*
- T'es vraiment un amour, toi. Tu es trop bienveillante envers moi. *Sa voix s'adoucit, et elle peut presque sentir le sourire qu'il affiche de l'autre côté du fil.*

Rose se sent touchée par ses mots, un léger frisson d'émotion lui parcourt le corps. Ils continuent à discuter, échangeant des anecdotes et des rires. Elle lui parle de l'anniversaire qu'elle est invitée dans sa famille, cette après midi, sa voix remplie d'enthousiasme. Elle rit, partage des souvenirs d'enfance avec sa famille, son bonheur palpable. C'est une sensation agréable, elle qui a tant lutté pour trouver la joie. à peine a-t-elle raccroché qu'un bruit de notification interrompt sa bulle de bonheur. Elle regarde son téléphone et voit un message de Bryan. Son cœur se serre instantanément. Qu'est-ce qu'il veut encore ? se demande-t-elle, une vague d'angoisse s'empare d'elle. Elle hésite à ouvrir le message, redoutant ce qu'il pourrait contenir. Elle sait qu'il veut créer des tensions, mais pourquoi ne peut-il pas juste disparaître de sa vie ?

Rico est là pour moi, se répète-t-elle pour se rassurer, mais l'anxiété commence à la ronger. Que contient ce message ? Est-ce une nouvelle provocation, une menace, ou juste un message insipide destiné à la déranger ? Rose se demande si elle doit en parler à Rico ou si elle devrait ignorer Bryan, se concentrant sur la belle connexion qu'elle a avec lui. Elle se sent prise dans un tourbillon de pensées et d'émotions.

Rose prend une profonde inspiration, son cœur battant la chamade. Elle sait qu'il est temps de ne plus rien cacher à Rico. La transparence est essentielle dans leur relation, surtout maintenant qu'ils ont traversé tant d'épreuves ensemble.

Elle compose rapidement un message à Rico, lui expliquant la situation.

> Hey, je viens de recevoir un message
>
> de Bryan. Je préfère te prévenir.

Elle attend quelques instants, son esprit tournant en boucle sur les conséquences possibles de ses mots. Puis, le téléphone vibre à nouveau. C'est Rico qui l'appelle.

- Qu'est-ce qu'il veut encore ? *demande-t-il, et elle peut entendre une pointe d'agacement dans sa voix.*
- Il m'a juste envoyé un message, rien de grave, mais... *commence-t-elle, mais Rico la coupe.*
- Je n'en peux plus de ce type, Rose ! J'en ai vraiment marre, c'est parce que c'est toi, sinon crois moi... je ne serai déjà plus là. *s'emporte-t-il, la frustration clairement audible.*

Elle se sent mal, réalisant qu'elle a peut-être ouvert une nouvelle boîte de Pandore. Elle ne voulait pas qu'il s'inquiète ou qu'il se sente obligé de la protéger encore une fois.

- Je sais que c'est chiant, mais je préfère être honnête avec toi. Je ne veux pas que tu sois pris par surprise.

Il soupire, et elle peut presque imaginer l'expression exaspérée sur son visage.

-   Salut, à plus tard, *répond-il sèchement, avant de raccrocher.*

Rose se retrouve là, figée, le téléphone en main. Le silence s'installe autour d'elle, pesant comme un poids sur sa poitrine. Elle se sent coupable, comme si elle avait aggravé la situation au lieu de l'apaiser.

Pourquoi Bryan ne peut-il pas juste disparaître ? se demande-t-elle, la colère et l'impuissance se mêlent. La journée qui avait si bien commencé est désormais ternie par cette nouvelle tension.

Elle espère que Rico ne s'éloigne pas trop, qu'il ne laisse pas la colère prendre le dessus sur lui.

- Est-ce que je fais vraiment le bon choix en le prévenant ? -

Cette question résonne dans son esprit, et elle sait qu'elle devra trouver un moyen de rétablir la communication entre eux. Elle insiste alors par message auprès de Rico, cherchant à lui faire comprendre qu'elle s'en fout de lui. Ce qui énerve encore plus Rico, il part du principe qu'il ne devrait même plus la contacter. Elle sait qu'il a raison.

Puis, le message de Rico arrive, et elle peut presque sentir son agacement à travers l'écran :

On arrête tout ! Je suis désolé, Ro, mais je ne peux plus.

Ces mots la frappent de plein fouet, comme un coup de poing dans le ventre. Une panique sourde s'empare d'elle. Elle regarde autour d'elle, où sa famille s'amuse, riant et dansant dans le jardin. Mais pour elle, tout devient flou.

-   Oscar ! *appelle-t-elle, sa voix tremblante.*

Son petit frère, jouant à quelques pas d'elle, se retourne, les yeux innocents. Elle le prend par la main, l'entraînant avec elle, désespérée.

- On doit partir, maintenant ! *insiste-t-elle, la supplication dans sa voix.*

Elle sait que son petit frère ne comprend pas la gravité de la situation, mais elle ne peut pas rester ici. Pas avec ce sentiment de désespoir qui lui ronge le cœur. En un instant, ils passent la porte de la maison. Dès qu'elle se retrouve à l'extérieur, une vague de douleur l'envahit. Elle se sent défaillir, comme si le monde venait de s'écrouler autour d'elle. Pourquoi est-ce si difficile ? Les larmes commencent à couler, inondant son visage alors qu'elle se laisse tomber sur le sol. Elle essaie de retenir ses sanglots, de rester forte, mais c'est impossible. Pourquoi tout doit-il être si compliqué ? Sa vie, ses émotions, tout devient un chaos qu'elle ne sait plus gérer. La faiblesse l'envahit, et pour la première fois depuis l'arrivée de Rico dans sa vie, elle se sent seule et perdue.

Oscar, inquiet, se rapproche d'elle, essayant de comprendre ce qui se passe. Rose le serre dans ses bras, cherchant réconfort dans la chaleur de son petit corps. La fête, les rires, la musique, tout cela lui semble si éloigné, comme un souvenir lointain. Elle se sent piégée dans une réalité où l'amour et la peur cohabitent, et où elle ne sait plus comment avancer.

Sur la route du retour vers chez elle, Rose conduit, les larmes ne cessant de couler sur ses joues. Chaque coup d'accélérateur ravive la douleur dans sa poitrine, et elle lutte pour contenir ses sanglots. Comment tout a-t-il pu dégénérer si vite ? Les mots qu'elle a prononcés résonnent dans son esprit : "Je t'aime." Elle aurait voulu les dire dans un moment de joie, dans un éclat de lumière, pas alors qu'elle se sent si perdue.

À côté d'elle, Oscar observe sa sœur avec inquiétude. Il connaît bien Rico et l'affection qu'elle lui porte.

Les mots de Rico lui reviennent en mémoire, résonnant avec une intensité déchirante. "Je t'aime aussi, Rose, mais c'est trop compliqué. Je ne peux pas continuer comme ça." Chaque mot est une douleur aiguë dans son cœur. Comment ont-ils pu en arriver là ?

Elle jette un regard furtif à Oscar, qui la fixe d'un air compatissant.

- Ne t'inquiète pas, ça va s'arranger, *tente-t-il de la rassurer, bien qu'il ne sache pas vraiment comment.* Il t'aime, il t'a toujours aimé.

Elle hoche la tête, mais son cœur est lourd.

Alors qu'elle conduit, elle scrute son téléphone. Il l'a bloquée. La tristesse l'envahit à la pensée qu'il cherche à lui faire comprendre que la meilleure chose à faire est de s'éloigner. Pourquoi doit-il faire cela ? Elle a besoin de lui, de sa présence, de son soutien.

- Mais je ne veux pas avancer sans toi ! *murmure-t-elle dans un vocal, sa voix se perdant dans le vide.*

Rico continue d'expliquer, son ton empreint d'une douleur palpable.

Si je te bloque, c'est pour que tu

puisses vivre ta vie sans que je vois

tout ça. Je ne supporterais pas de te

voir heureuse sans moi.

Chaque mot semble être une claque, et elle se sent piégée dans un tourbillon d'émotions: colère, tristesse, incompréhension. Pourquoi tout doit-il être aussi difficile ?

La route semble interminable, chaque virage et chaque panneau de signalisation se transforment en un rappel cruel de son désespoir. Les larmes continuent de couler, sa vision floue rendant la conduite encore plus difficile. En rentrant, elle abandonne Oscar à la porte. Une fois dans sa chambre, elle se jette sur son lit, le cœur lourd. Elle fixe le plafond, les pensées s'entremêlent. Comment ont-ils pu passer d'un bonheur si éclatant à une telle détresse ? Les souvenirs heureux affluent, éclats de rires et promesses d'un avenir radieux, tout cela lui semble si loin. Rose se sent comme une étrangère dans sa propre vie, et la douleur d'une perte imminente l'écrase.

Oscar, ne pouvant se résoudre à la laisser seule dans sa détresse, entre dans sa chambre et s'assoit à côté d'elle.

- Tout ira bien, je te le promets, *dit-il, sa voix rassurante.* Rico t'aime. Il est peut-être en colère maintenant, mais il va revenir. C'est un bon gars.

Elle souhaite y croire, mais la tristesse la submerge. Elle ferme les yeux, espérant que la réalité se dissipe dans l'obscurité, mais elle sait qu'elle devra faire face à ce qui les sépare. La solitude l'enveloppe dans une pénombre sinistre.

CHAPITRE 15.

Le lendemain, le poids du cœur brisé pèse lourdement sur Rose. Elle n'a pas dormi, le visage marqué par les larmes, les souvenirs et les regrets. Elle sait que la fin approche, que la séparation est imminente, mais l'idée de ne pas voir Rico une dernière fois la ronge de l'intérieur. Ils échangent des messages pour organiser la récupération des affaires que Rico a laissées chez elle, éparpillées un peu partout dans la maison, vestiges d'une relation pleine de moments partagés.

Je vais tout rassembler.

La peine transparaît dans chacun de ses mots.

Son cœur se serre à l'idée de regrouper les objets, les vêtements, les petites choses du quotidien qui portaient encore l'odeur de leur complicité. Elle passe mentalement en revue chaque pièce, où chaque coin porte encore la trace de lui : sa brosse à dent dans la salle de bain, un pull sur le lit, son shaker préféré dans la cuisine.

Mais ce qui la déstabilise encore plus, c'est le message de Rico, plus distant qu'elle ne l'aurait imaginé.

Je ne pense pas pouvoir venir, peut-être

que j'enverrai un de mes petits frères.

Ces mots la foudroient. Comment pourrait-elle supporter ça ? Le fait de ne même pas se dire adieu en face... Cette idée la rend malade. Elle a besoin de ce moment, besoin de lui dire au revoir. Une vague de tristesse l'envahit, mais aussi de colère.

Rico, non... ce n'est pas possible comme ça. Je dois te dire au

revoir en personne. Je ne peux pas juste te rendre tes

affaires à travers quelqu'un d'autre.

Il faut qu'on se voie. J'ai besoin de ce moment.

Elle reste là, assise sur le bord de son lit, le regard perdu dans le vide. Pourquoi refuse-t-il de la voir ? Est-ce trop douloureux pour lui ? Trop pour elle ? Un flot de souvenirs douloureux refait surface, des scènes de sa vie avec son oncle, un autre homme qui a tant compté pour elle. La douleur de ne jamais avoir pu lui dire au revoir pèse encore lourdement sur son cœur. Avec lui, tout s'était terminé si brusquement. Elle n'avait pas eu cette chance, cette dernière conversation, ce dernier regard.

Elle refuse que cela se reproduise avec Rico.

- Je ne peux pas te perdre sans te dire au revoir -

murmure-t-elle presque pour elle-même, ses doigts tremblants envoyant un autre message à Rico. Sa voix dans sa tête répète :

- Pas encore, pas comme avec tonton. Je ne peux pas juste te laisser partir sans une fin, sans une conclusion.-

Rico tarde à répondre, et elle sent l'angoisse monter en elle, l'étouffant doucement. Sait-il à quel point c'est important pour elle ? À quel point ce dernier moment compte ? Elle se lève et commence à rassembler ses affaires, chaque objet ravivant un souvenir, une douceur, une douleur.

Dans le silence de la conversation par messages, Rico finit par écrire :

Garde le bracelet.

Rose reste figée quelques instants, ses doigts tremblant au-dessus de son téléphone. Ses yeux se posent sur le bracelet vert, jaune, et rouge à son poignet. Ce simple objet, qui avait tant de signification pour elle depuis le début de leur relation, devenait soudainement plus lourd à porter. C'était un lien direct avec son oncle, celui qui veillait sur elle, et maintenant, c'était aussi tout ce qu'il lui restait de Rico.

Elle serre la mâchoire, la gorge nouée par un mélange de peine et de désespoir. Ce bracelet, c'était une promesse. Une promesse que, comme son oncle, Rico serait toujours là pour la protéger, même à distance, même dans l'absence. Le fait qu'il lui demande de le garder ne fait qu'intensifier la douleur. Ce n'était plus seulement un souvenir de son oncle, mais le dernier vestige d'une relation qui lui avait apporté tant de bonheur.

Elle tape difficilement sur l'écran, ses mains tremblantes rendant chaque lettre laborieuse :

Rico, même sans ce bracelet, je ne pourrai jamais t'oublier.

Elle se souvient du jour où elle avait perdu ce bracelet. Elle avait passé plus de six heures à le chercher, le cœur battant à tout rompre, paniquée à l'idée de ne plus le retrouver. Ce jour-là, elle avait compris à quel point il comptait pour elle, non seulement pour le souvenir de son oncle, mais aussi pour ce qu'il symbolisait entre elle et Rico. Ce lien qu'elle chérissait tant.

Elle baisse la tête, incapable de retenir une larme qui glisse lentement sur sa joue. Chaque mot qu'il lui envoie la brise un peu plus. Elle sait qu'il souffre aussi, mais ça n'allège en rien la douleur qu'elle ressent, cette sensation de vide immense. Elle serre le bracelet autour de son poignet, comme si ce simple geste pouvait la rapprocher de lui, ne serait-ce qu'un instant.

Dans un autre message, Rico insiste :

C'est ce qui compte le plus pour moi, que tu le gardes.

Sa voix, à travers les mots, semble empreinte d'une tristesse résignée. Il veut qu'elle garde ce souvenir, qu'elle se souvienne qu'il a tenu cette promesse, même si tout semble s'effondrer entre eux.

Rose ferme les yeux, essayant de contenir ses émotions, mais son corps trahit ce qu'elle essaie de dissimuler. Elle tremble, incapable de stopper ce tourbillon d'émotions qui l'envahit. Elle se sent perdue, déchirée entre la peine de le voir partir et la douleur de garder ce souvenir, ce bracelet, comme la seule chose tangible qui resterait de leur histoire.

Rose s'efforce de rassembler toutes les affaires de Rico, pièce par pièce, comme pour être sûre de ne rien oublier. Chaque objet qu'elle met dans le sac semble charger l'atmosphère de la maison d'un peu plus de mélancolie. Elle ramasse un de ses pulls préférés, celui qui porte encore son odeur, et sent sa gorge se nouer. Les souvenirs affluent, douloureux et doux à la fois. Elle trouve quelque réconfort dans ces gestes, malgré le sentiment d'abandon qui grandit en elle. Dans une petite boîte, elle dépose quelques gâteaux, des spéculoos, ce qu'il aime tant, et ajoute un mot.

Elle n'est pas certaine que cela changerait quelque chose, mais elle a besoin de lui laisser une dernière trace d'elle, une preuve de leur complicité, malgré l'amertume du moment.

***

Le lendemain, elle passe la journée de stage hantée par l'idée que Rico part pour de bon. Ses gestes sont automatiques, ses pensées ailleurs. Quand elle termine enfin sa journée, un message de Rico apparaît sur son téléphone : il veut savoir à quelle heure elle compte lui laisser ses affaires. Rose lui répond qu'elle serait là dans une heure, comme convenu. Le ciel est couvert, un épais rideau de pluie tombe sans relâche, rendant l'atmosphère encore plus lourde. Il fait presque nuit quand elle sort du travail, le crépuscule se fondant dans les gouttes de pluie. Rico lui écrit qu'il rentre à pied de chez Émile. Elle fronça les sourcils, consciente que marcher sous une pluie battante n'est pas une bonne idée. Elle imagine Rico, trempé, avançant seul dans les rues sombres, et un élan de protection s'empare d'elle.

Je vais passer te prendre. Il pleut.

Non, Rose, je préfère pas. Ça pourrait être bizarre.

Je ne vais pas te laisser rentrer à pied sous cette pluie.

Je veux pas que ça fasse comme si... enfin,

tu sais. Que ça complique les choses.

Tu sais que je ne te laisserai pas rentrer à pied..

Il mit un moment à répondre, hésitant entre ce qu'il ressent encore pour elle et la volonté de ne pas rendre la situation plus compliquée. Finalement, il cède :

D'accord, au pire, on fume un pet ensemble.

Rose sent son cœur se serrer à ces mots, comme une dernière promesse fragile avant l'inévitable. Elle démarre la voiture et se mit en route, les essuie-glaces battant frénétiquement contre le pare-brise, mais incapable de chasser le nuage qui plane sur leur relation. Quand elle le vit, là devant elle, le regard baissé, elle sent à la fois une vague de tendresse et de douleur l'envahir. Tout est doux quand ils sont ensemble, même dans la grisaille et la complexité de ce qu'ils traversent. Lorsqu'il monte dans la voiture, l'atmosphère est lourde, presque palpable. Rose et Rico échangent des regards douloureux, sachant que cet instant marque la fin imminente de quelque chose d'important. Ils sont nerveux, mais en même temps, ils cherchent à profiter des derniers moments qu'ils passent ensemble. Rose est heureuse de le voir, ne pouvant se résoudre à l'idée que tout puisse s'arrêter d'un coup. Elle veut prolonger ces instants, ne serait-ce que quelques minutes de plus.

Ils roulent en silence jusqu'à leur endroit habituel, un coin reculé à travers champs où ils ont passé tant de moments précieux. Ce lieu représente pour eux bien plus qu'un simple endroit : c'est un symbole de leurs souvenirs les plus heureux, des moments passés à rire, à parler, et à s'échapper du monde extérieur. À peine garés, Rico commence à rouler le joint, un geste devenu une sorte de rituel, mais cette fois, il semble presque fataliste, comme s'il savait que cette cigarette roulée marquerait la fin de leur histoire.

Rose ne perd pas de temps. Elle veut profiter au maximum du temps qui leur restait. Elle attrape les deux petits paquets qu'elle a préparés avec soin et les tend à Rico, un sourire timide aux lèvres. Il ouvre le premier, dévoilant un caleçon humoristique, il se plaint toujours d'être à l'étroit et lorsqu'il le vit, ils ne peuvent s'empêcher de rire. Ce rire a un goût amer, un mélange de nostalgie et de tristesse. Puis, elle lui tend le deuxième cadeau, celui qui compte le plus pour elle. C'est un joli pull rouge de la marque Calvin Klein. Elle avait pris le temps de le choisir, s'assurant qu'il lui irait parfaitement, allant jusqu'à appeler le frère de Rico pour avoir son avis. Elle imagine déjà sa carrure dans le vêtement, et le voir l'ouvrir avec soin la rend nerveuse et impatiente. Rico prit le pull entre ses mains, hésitant, les joues légèrement rougies par la gêne.

- Je peux pas accepter ça, Rose, c'est trop. Tu sais que t'as déjà plein de trucs à gérer…
- Je sais qu'il t'ira parfaitement, *insista-t-elle, les yeux brillants d'émotion.* Essaie-le.

Il finit par céder et passe le pull. Comme Rose l'avait espéré, il est parfait. Derrière ses airs timides, il semble touché, sincèrement ému par l'attention qu'elle lui porte. Il se tourne vers elle, un sourire tendre aux lèvres, et lui donne un baiser léger sur la joue. Ce geste simple et intime fait battre le cœur de Rose un peu plus fort, lui rappelant pourquoi elle tient tant à lui.

Ils continuent à fumer en silence, profitant du moment. Rico se retourne vers elle, le visage grave, comme s'il s'apprêtait à dévoiler quelque chose d'important.

- Rose, je... je ne peux pas juste partir ça comme si de rien n'était. Faut que je t'explique. Je veux que tu comprennes. *dit-il, la voix empreinte d'une émotion qu'il avait longtemps refoulée.*

Rose le regarde avec intensité. Elle sait que lorsqu'ils parlent, ils le font toujours sans détour, sans jugement. C'est ce qui les a toujours rapprochés, ce lien si fort et si vrai qu'ils ont forgé à force de parler de tout, de rien, et surtout de ce qui compte vraiment.

Rico prend une profonde inspiration, cherchant ses mots. La voiture est éteinte, et le silence est seulement brisé par le martèlement de la pluie qui glisse sur le pare-brise. Rose s'est tournée vers Rico, ses jambes croisées sur le siège conducteur. Elle l'observe, mais lui reste droit, les yeux fixés devant lui, presque figé. Parfois, il jette un rapide coup d'œil vers elle, comme pour s'assurer qu'elle est toujours là, mais il tourne vite la tête, incapable de soutenir son regard trop longtemps.

- Je ne sais même pas pourquoi je te dis tout ça, *murmure-t-il, la voix tremblante mais déterminée.* J'imagine que j'en ai besoin. J'ai besoin que tu comprennes. *Il inspire profondément, et la tension dans ses épaules ne fait que s'accentuer.*

Depuis longtemps, je me sens... cassé. Comme si quelque chose en moi s'était brisé à jamais. Et peu importe ce que je fais, j'arrive pas à me sentir entier. Je suis vide, Rose. *Ses mains tremblent légèrement, mais il ne bouge pas, presque comme s'il avait peur de se permettre le moindre geste.* La colère, elle est toujours là, quelque part, et parfois, elle ressort. Mais la plupart du temps, je la garde enfermée, parce que je ne veux pas faire de mal aux gens. Je ne veux pas que les autres voient à quel point je souffre.

Il s'arrête un instant, son regard se perd dans la pluie. Je me déteste, tu sais. Ça fait des années que je me sens comme ça. Comme si j'étais un danger, comme si j'allais forcément finir par blesser quelqu'un d'autre. *Sa voix se casse un peu.* Y a un truc qui s'est passé… *Il décrit brièvement sans prononcer de mots concrets sur ce qu'il a vécu.* Cet événement m'a détruit, et j'arrive pas à m'en remettre. J'ai l'impression que personne ne pourrait vraiment comprendre, alors je préfère ne rien dire.

Rose reste silencieuse, ses mains posées sur ses genoux, se serrant inconsciemment l'une contre l'autre. Son cœur est lourd, elle a envie de le prendre dans ses bras, de lui dire que tout ira bien, mais elle craint que le moindre geste ne soit mal interprété, qu'il pense qu'elle ressent de la pitié pour lui. Elle sait que ce qu'il partage avec elle en ce moment est précieux, qu'il lui fait confiance d'une manière rare, et elle ne veut pas briser ça.

Rico tourne finalement la tête vers elle, ses yeux brillants de larmes qu'il tente de retenir.

- J'ai l'impression de t'entraîner avec moi. T'es l'une des seule avec qui j'ai pu parler de tout ça, mais j'ai peur que ce soit égoïste. *Il détourne le regard.* Je ne sais pas si c'est juste pour toi, d'entendre tout ça.

Les mots de Rico résonnent dans l'esprit de Rose, chaque phrase ajoutant une nouvelle couche de douleur et de compréhension. Elle le regarde, le cœur serré, tandis qu'il fixe la route devant lui, perdu dans ses souvenirs et ses souffrances. Elle sent l'urgence de lui dire quelque chose, de lui montrer qu'elle est là, mais les mots restent bloqués, comme figés par la gravité de ce qu'il vient de révéler. Dans sa tête, les pensées tourbillonnent.

- Je suis là pour toi, Rico, pourquoi tu ne vois pas que je veux t'aider ? Pourquoi tu crois que c'est égoïste de me parler ? -

Elle voudrait lui dire que tout ce qu'il ressent est légitime, qu'il a le droit d'être faible, le droit d'être perdu, que sa douleur compte autant que celle de ses frères ou de quiconque d'autre. Mais elle a peur. Peur de dire les mauvais mots, peur de le faire se refermer encore plus. Elle voit à quel point il est brisé, à quel point il lutte pour ne pas s'effondrer, et elle redoute que le moindre geste ou mot de sa part puisse aggraver son mal-être. Elle se dit qu'elle pourrait lui tendre la main, le toucher, lui faire sentir qu'elle est là, physiquement, réellement, mais elle craint que ce geste ne soit mal interprété, qu'il pense qu'elle a pitié de lui. La dernière chose qu'elle veut, c'est qu'il se sente humilié ou diminué à cause de sa compassion. Elle se retient, parce que ce qu'elle voit dans ses yeux, ce n'est pas seulement la douleur, mais aussi une sorte de honte. Et elle sait qu'il n'a pas besoin de plus de raisons de se détester.

- J'aimerais tellement pouvoir te dire que tu n'es pas seul, que je te comprends plus que tu ne le crois. Mais je ne veux pas t'étouffer avec mes paroles, je ne veux pas te brusquer.-

Elle se rend compte qu'en cet instant, sa présence silencieuse est peut-être tout ce qu'elle peut lui offrir, et cela lui paraît terriblement insuffisant. Elle voudrait tant lui dire qu'il peut lui confier tout ce qu'il veut, que ça ne la fait pas fuir, que ça ne l'effraie pas, mais les mots restent coincés dans sa gorge.

- Je te laisserai parler à ton rythme, si c'est ce dont tu as besoin,- alors qu'elle le regarde se renfermer à nouveau, les épaules toujours tendues.

Le silence dans la voiture est chargé de tout ce qu'ils ne disent pas, de tout ce qu'ils voudraient exprimer mais n'arrivent pas à formuler. De nouveau, il recommence à parler, il n'a pas dit tout ce qu'il voulait.

Rico parle vite, ses mots se bousculent comme s'il craignait de ne pas réussir à tout dire. Il jette un regard rapide à Rose, qui l'écoute, le cœur serré et les larmes aux yeux. Il sait qu'il doit tout sortir maintenant, tant qu'il a encore le courage de le faire.

- Rose, c'est pour ça que je m'en vais. C'est pas que je veux te quitter, mais je sais que je finirai par te faire du mal si je reste. Tu mérites tellement mieux que ça. T'es forte, tu t'es toujours battue pour les autres, même quand t'étais à bout de souffle, tu cherchais toujours à protéger tout le monde, quitte à t'oublier toi-même. *Sa voix est pressée, et il semble chercher les mots justes.* J'admire tellement la façon dont tu écris pour évacuer tout ce que tu ressens, même si tu te dévalorise toujours, même si tu crois que t'en fais jamais assez. Moi, je vois ta force. Je la vois quand tu te relèves chaque fois que la vie te fout un coup.

Il s'arrête un instant, prend une inspiration tremblante avant de continuer, ses pensées vagabondent dans tous les souvenirs qu'ils partagent.

- Il y a des musiques que je pourrai plus jamais écouter maintenant, ça me ferait trop mal. Toutes celles qui me rappellent toi, nous. Et je ne te parle même pas de Star Wars… *Il esquisse un sourire triste.* Le film devant lequel on a passé exactement 1h 16 à … enfin, tu sais. Ou de toutes ces balades en voiture. Et les matchs… tu venais toujours avec moi, même quand tu ne savais pas trop ce qui se passait sur le terrain. C'était nous, ces moments. *Il baisse les yeux, ses mains tremblent légèrement.* Mais voilà… c'est aussi parce que je t'aime que je pars. Je refuse que tu me vois disjoncter, que rien qu'une fois dans ta vie tu aies peur de moi. Je refuse de te faire vivre ça. J'ai trop de respect pour toi. Je ne veux pas un jour être violent envers un des garçons parce que je suis irrité et qui t'ont mal parlé. Je suis déjà assez nerveux et irritable quand ça te concerne alors qu'on n'est même pas ensemble. Quand t'es en stage, et que tu mets plus de deux minutes à répondre à mes messages, je commence à flipper. J'imagine des trucs débiles... que t'es avec un autre, que t'as un coup de foudre. J'ai pas envie que cette jalousie pourrisse ce qu'on a.

Rico prend une grande inspiration, mais sa voix se casse légèrement lorsqu'il mentionne Bryan. Et puis... Bryan, c'est toujours un putain de sujet entre nous. Je suis en colère contre lui, contre ce qu'il t'a fait. Je te vois encore souffrir à cause de ça, et ça me rend fou. C'est à cause de lui qu'on a eu nos seuls vrais accrochages, parce que je ne pouvais pas supporter l'idée qu'il ait pu te faire autant de mal. Et je sais que si je reste, je finirai par aller trop loin. Je ne pourrai pas m'empêcher de péter un câble un jour, et je veux pas que tu aies des problèmes à cause de moi.

Rose tremble, ses mains se crispent sur ses genoux, les larmes coulent déjà sur ses joues. Chaque mot de Rico résonne en elle, la traversant comme une onde de choc. Elle se sent vivante, touchée en plein cœur par tout ce qu'il dit. Elle sait qu'elle l'aime, qu'elle ne peut pas accepter de le perdre comme ça.

- Rico, c'est fou de partir comme ça. Tu dis tout ça, et tu penses que je vais juste réussir à t'oublier ? Pas après tout ce qu'on a vécu. Comment veux-tu que je fasse ça ? *Sa voix est brisée, presque désespérée.* Je serai toujours là pour toi, je veillerai sur toi, peu importe ce qui arrive.

Rico détourne le regard, ses yeux brillent d'une douleur qu'il ne parvient plus à cacher.

-   Je t'en demande pas autant, Rose. Je te demande pas de m'attendre. Je sais qu'au fond, je ne pourrai pas m'empêcher de revenir un jour. Mais toi, tu dois continuer à vivre ta vie, réussir... Et même si un jour tu m'oublies et que tu te maries avec un autre, je serai quand même là, comme un débile au fond de la salle, à regarder l'amour de ma vie se marier avec un autre. Et je serai heureux pour toi, parce que je sais que tu mérites le meilleur. Tu sais si j'avais su je serais resté avec toi, il y a 7 ans. Je n'ai jamais aimé comme toi. Tu sais si mon cerveau n'avait pris le dessus encore une fois, on aurait passé ce week-end mon anniversaire avec ma famille, ensemble officiellement le 13 mai.
-   Comme la première fois où nous nous sommes mis ensemble, *chuchote-t-elle.*
-   C'est ce que j'avais prévu.

Il baisse la tête, sa voix s'éteint presque. Il ramasse les cadeaux que Rose lui a donnés pour les glisser dans le sac. Lorsqu'il ouvre le sac et observe leurs liens dans ce sac, son t-shirt du PSG.

-   Garde le s'il te plait. Tu dors avec depuis des mois, c'est ton doudou alors ça me ferait chier que tu me le rendes maintenant.

Il se penche vers elle, dépose un baiser doux sur son front.

-   Je t'oublierai pas, Rose. Jamais. Mais s'il te plaît... *Il la regarde droit dans les yeux.* Ne pleure pas pour moi.

Elle le regarde s'éloigner, son cœur battant la chamade, un mélange de tristesse et d'amour étouffant ses pensées. À peine redémarre-t-elle la voiture qu'elle s'effondre en larmes, ses sanglots secouent son corps tandis qu'elle reprend la route. Le bruit de la pluie se mêle à ses pleurs, et le vide qu'il laisse derrière lui semble s'étendre à l'infini.

CHAPITRE 16.

Arrivée chez elle, Rose est envahie par un tourbillon d'émotions. Elle se laisse tomber sur le canapé, le cœur lourd et les larmes aux yeux. Les paroles de Rico résonnent encore dans son esprit, comme une mélodie triste et douloureuse.

- Pourquoi a-t-il décidé de partir ? Pourquoi pense-t-il que cela serait mieux pour elle ? -

Rose pleure silencieusement, laissant ses pensées vagabonder. Rico a partagé avec elle des souvenirs de son passé, des blessures qu'il porte encore. Elle se rappelle de son regard, qui trahit à la fois une grande force et une profonde fragilité. Il a parlé de ses luttes, des moments où il se sentait perdu, et des décisions difficiles qu'il a dû prendre. La façon dont il choisit de s'éloigner, pensant que cela la protégerait, la blesse encore plus.

- Pourquoi ne peut-il pas voir que je veux être à ses côtés, peu importe ce qu'il traverse ? -

Elle veut lui dire combien elle tient à lui, combien elle souhaite l'aider à surmonter ses démons. Elle aurait aimé qu'il lui fasse confiance, qu'il comprenne qu'ensemble, ils peuvent affronter n'importe quel obstacle. Elle s'essuie les larmes et prend une profonde inspiration, cherchant à retrouver son calme. Elle réalise que, malgré tout, elle ne peut pas le forcer à rester. Mais elle sait aussi qu'elle doit lui faire savoir ce qu'elle ressent. La peur d'être abandonnée la paralyse, mais l'idée de ne pas lui parler la terrifie encore plus. Elle prend son téléphone, hésite un instant, puis lui écrit.

> Rico, tout d'abord merci de m'avoir dit tout ça, je sais que cela est dur.

T'imagine pas comment ça était compliqué.
J'ai jamais parlé de ça, il y a que Emile qui est au courant.

> Merci de l'avoir fait, t'es tellement fort si tu savais. Moi j'ai été incapable de te répondre verbalement, tu sais que moi c'est par l'écriture que je passe alors je t'ai écrit ça:

En boucle mon cerveau tourne, entre peine et désillusion. Ça fait quelques jours que tu as décidé de tout stopper pourtant pour moi le temps perdu est une éternité. Aimer, aimer ça fait peur parce qu'on perd le contrôle sur tout. J'aime tout contrôler mais avec toi c'est différent. Avec toi je me sens légère, il suffit que je pose ma tête sur ta poitrine, que j'entends ton cœur battre, que je m'enivre de ton parfum et tout semble parfait. Je sais que ça parrait surnaturel, et inexplicable mais putain comment je suis bien quand tu es là. Le monde peut s'arrêter, sans même que je m'en rende compte. Tu sais tu n'es pas seulement la personne que j'aime, tu es tellement plus... Tu as ce don de me faire sourire

146

même si comme tu dis je suis une aigrie affirmée, tu as ce don de vider mon cœur de toutes ses peines, tu m'as touché et ça je pourrai jamais l'oublier même si tout s'arrête. Je regrette aucun moment. Parce que même si ça fait mal, ça valait largement le coup, 2 mois et demi c'est rien on peut dire mais je t'assure que ça représente tellement. Tu ne quittes pas mes pensées, je le sais chaque matin au réveil, chaque soir au coucher et même la journée. Je pense à toi encore et encore, mon cœur se serre, les larmes coulent, si demain tout s'arrête oubli jamais que je t'ai aimé, que j'étais heureuse à tes côtés, que tu es quelqu'un d'incroyable.

Je sais que tu as peur d'un million de choses crois moi que moi aussi mais je prendrai n'importe quel risque parce que tu vaux le coup, cette connexion entre nous vaut totalement le coup. Je sais bien que tu ne veux pas me blesser, mais crois moi qu'à tes côtés c'est ma place toi même tu l'as dit c'est ça ma place. Je veux pouvoir être l'épaule sur laquelle tu seras te reposer, la personne à qui tu arrives à t'ouvrir comme tu as su le faire tout à l'heure. Je sais que je le peux même si tu as peur. Je te comprends, je respecte tous tes points de vues, et je t'attends, je t'attendrais, quand tu seras prêt je serai là, parce que toi et moi on se sait.

Merci d'être toi, cette personne soucieuse, douce et sensible. Tes mots pour moi sont gravés. Vraiment j'ai de la chance de t'avoir dans ma vie, je me dis que t'avoir envoyé ce message après t'avoir vu malgré la manière bizarre dont je l'ai fait et la meilleure décision que j'ai prise depuis longtemps. J'aurai encore et milles choses à te dire, mais un jour je te regarderai dans les yeux et je te le dirais.

Rose se trouve dans un tourbillon d'émotions, tiraillée entre la douleur de la séparation et la beauté de ce dernier moment partagé avec Rico. Son absence laisse un vide immense dans sa vie, mais elle garde espoir. Même si elle ressent une peur profonde, elle est prête à prendre des risques parce qu'elle croit en leur connexion. Pour elle, il n'est pas seulement une personne aimée, mais une source de lumière, de réconfort et d'espoir. Elle souhaite être là pour lui, être l'appui dont il a besoin comme lui a su l'être, et elle est déterminée à l'attendre, convaincue que leur lien mérite d'être exploré.

Rico, toujours hanté par la douleur partagée, décide de briser le silence qui les enveloppe. À peine une heure après leur dernier échange, il compose un message à Rose.

Salut, Rose. Est-ce que tu peux me
procurer un peu de beuh ? J'en aurais bien besoin.

C'est un prétexte, certes, mais pour lui, c'est l'occasion de la voir à nouveau, de sentir un lien, même fragile, dans leur mer d'incertitudes. Il attend nerveusement sa réponse, espérant que cette demande l'aidera à oublier, ne serait-ce qu'un instant, la mélancolie qui les accable tous les deux. Elle acquiesce et le prévient qu'elle va passer le prendre.

Lorsque Rose voit Rico porter le pull rouge qu'elle lui a offert, un mélange d'émotions l'envahit. Elle ressent de la joie, de la nostalgie, mais aussi une lueur d'espoir qu'il ne l'oubliera jamais. Dans la voiture, le trajet vers le lieu où ils vont chercher l'herbe est une bulle de légèreté. La musique hardcore résonne à plein volume, remplissant l'espace de riffs puissants et de rythmes entraînants. Ils rient, se taquinent, et dansent sur leur siège, comme si rien d'autre n'avait d'importance. Chaque note semble effacer la douleur qui les hante.

Ils évitent de parler de la situation délicate qui les unit, préférant profiter de ces instants simples comme ils ont partagés pendant deux mois et demi. Lorsque Rico propose de garder sa carte bleue jusqu'au lendemain pour qu'elle puisse retirer de l'argent, Rose ne peut s'empêcher de sourire. C'est à la fois une excuse pour la revoir et un geste qui montre sa confiance en elle, on ne laisse pas sa carte à n'importe qui. En arrivant devant chez Emile, Rico sort de la voiture. Avant de partir, il dépose un tendre bisou sur sa joue. Rose apprécie ce geste, une tendresse qui la touche profondément, lui rappelant que malgré tout, il reste le même avec elle.

Sur le chemin du retour, elle est envahie par une douce mélancolie. Elle sait que ce moment est juste un répit, un retardement de l'inévitable. Rico a pris sa décision, et au fond, elle réalise que rien ne changera cela. Malgré tout, elle savoure la douceur de cette soirée, consciente que chaque instant passé avec lui compte.

***

Le lendemain, Rose ressent une excitation palpable lorsque son téléphone bipe avec un message de Rico. Il lui dit qu'il passe chercher sa carte bleue et qu'il veut fumer un joint au passage. Chaque moment avec lui est un cadeau, une parenthèse joyeuse dans leur réalité compliquée. Quand il arrive, leurs regards se croisent, et elle ne peut s'empêcher de remarquer l'éclat d'amour dans ses yeux. Ce regard lui réchauffe le cœur et elle se promet de ne pas oublier ces instants précieux. Ils entrent chez elle, et l'atmosphère devient rapidement légère et joyeuse. Dans le cagibi, leur coin fumeur, ils s'installent l'un en face de l'autre, entourés de fumée. Les rires fusent, et ils commencent à se chamailler, comme d'habitude, se battant gentiment avec des sourires sur les lèvres. L'après-midi passe dans une douce insouciance. Ils partagent des histoires, échangent des blagues, et se laissent porter par la musique qui flotte dans l'air. Rose savoure chaque instant, même si, au fond d'elle, elle sait que cette légèreté est temporaire. Elle choisit de ne pas parler de la fin inévitable, même si l'idée est toujours là, en arrière-plan.

Rico, en retournant dans la maison après avoir fumé, passe sa main dans le dos de Rose d'un geste tendre afin de la faire passer devant lui. Elle ressent une chaleur douce à ce contact. Dans le buffet, il farfouille à la recherche de spéculoos, ses gâteaux préférés. Le simple fait qu'il s'installe chez elle, qu'il se sente à l'aise, rend le moment encore plus spécial. En songeant à son départ, Rose essaie de ne pas laisser la tristesse l'envahir. Pour l'instant, chaque minute avec lui est à prendre, et elle est déterminée à profiter de ce qu'ils ont, même si c'est fugace. La légèreté de leur après-midi est un répit qu'elle chérira dans son cœur, peu importe ce qui les attend.

***

Minuit sonne, marquant enfin l'anniversaire de Rico. Rose, excitée, se précipite pour envoyer le message qu'elle a préparé à l'avance. Elle choisit ses mots avec soin, espérant transmettre toute l'affection qu'elle ressent pour lui :

> Joyeux anniversaire à toi, je t'ai pas oublié.
> Tu te doutes bien. Merci d'être toi.
> Je te fais un bisou. Bonne nuit.

À peine quelques instants plus tard, son téléphone vibre. C'est lui qui répond directement, et un sourire éclatant illumine le visage de Rose en lisant son message de retour.

Contente de ce court échange, elle se décide à aller se coucher, son esprit encore rempli des souvenirs de l'après-midi qu'ils ont partagé. Elle repense à son départ précipité, sans même avoir récupéré sa carte bleue, et elle ne peut s'empêcher de rire doucement en pensant qu'il passera de nouveau pour la prendre. En s'endormant, elle se sent heureuse. Même si elle sait que leur situation est fragile, ces petites attentions et ces moments partagés lui donnent l'espoir qu'il lui reste encore des souvenirs à créer avec lui. Elle se laisse emporter par le sommeil, le cœur léger, rêvant d'un anniversaire que Rico n'oubliera pas de si tôt.

***

Les heures passent sans que Rose n'ait de nouvelles de Rico, et une déception sourde commence à s'installer en elle. Elle décide de lui écrire un message, lui faisant part de son ressenti :

> C'est dommage que je ne puisse pas t'embêter pour ton anniversaire. J'espère que tu profites malgré tout.

Elle attend une réponse, mais ce qu'elle reçoit est tout sauf ce qu'elle espérait.

> Tu sais, Rose, on ne peut pas rester comme ça.

La réponse de Rico est froide et distante. Ces mots la vexent profondément. Elle ressent un mélange de frustration et de tristesse, comme si on lui avait enlevé une partie de leur complicité. Exaspérée, elle envoie un vocal, sa voix empreinte de sarcasme : "Oui, je sais. Pas la peine de me le rappeler." Cependant, dès qu'elle a envoyé le message, un sentiment de regret l'envahit. C'est son anniversaire, et elle ne veut pas être celle qui gâche sa journée. En un geste impulsif, elle supprime le vocal et opte pour une simple réaction, un joli pouce, sur le message qu'elle déteste tant. Mais Rico ne prend pas bien ce geste. Il répond rapidement, exprimant son mécontentement :

> Tu penses que retirer ton vocal va arranger les choses ?

La tension monte alors rapidement entre eux. Des mots blessants fusent, chacun cherchant à faire entendre son point de vue, mais la douleur et la frustration rendent l'échange encore plus difficile.

Un froid glacial s'installe entre eux, et Rose se sent particulièrement blessée. Épuise, elle finit par lâcher :

C'est bon, j'ai compris. J'arrête.

Sa voix est marquée par la colère et la tristesse, un mélange de désespoir et de résignation.

Déterminée à tourner la page, elle se rend chez Rico pour lui déposer sa carte bleue dans sa boîte aux lettres. Elle lui envoie un dernier message, simple et direct:

C'est fait. Salut.

Ces mots, bien que courts, sont chargés d'une émotion profonde, marquant une rupture dans leur relation.
De retour chez elle, Rose se sent vide, un poids lourd dans sa poitrine. Elle s'assoit, les pensées tourbillonnant dans son esprit. Elle se dit que tout aurait pu être différent, que leur bonheur aurait pu exister si seulement Rico avait cru en eux. La tristesse l'envahit alors qu'elle réalise que ce moment de tension a peut-être mis un terme à ce qu'ils avaient, et elle se sent perdue, en colère contre elle-même et contre la situation.

Ce qu'il se passera ensuite reste incertain.

Playlist du Livre.

Placebo | Dinos
Intro | Josman
Erotiquement votre | Krisy
7am | Ashh
Au cœur du G | Nekfeu
Freestyle 5 min #5 | Zkr
California Girl | Zola
BBL | Arma Jackson, Josman
Mon âme | Josman
Vois sur ton chemin | GEWOONRAVES, Sandro Cardio, Zentryc
Kamaz | DJ Blyatman, dlp
Cœurjacking | Dinos
Motel | Ashh
Girl Of My Dreams | Juice WRLD, SUGA, BTS
Imagine | Carbonne
Bunkoeur | PLK
Solitaire | Bosh
Les yeux dans les yeux | A2H
Paradise | Barber
Aimer | PLK
Champagne Cherry | DAKEEZ, Afios
Bodyguard | Low Jay, Leto
Confidences | Vacra, PLK
MÊME CHOSE | Favé
Mi amor | Yuzmy, Toya

Si tu savais... | Josman
Madame | Zola
Les princes | MZ, Nekfeu
Parle-moi | Dadju, PLK
J'attends | PLK
Écrire | Nekfeu
Laisse faire | Tsew the kid
FENDI ON MY EYES | The dark horror, Guizcore
BB | Ashh
Du mal | PLK
Bleu & Nuit | Dalí
End of the road | Juice WRLD
Anger In The Nation | Barber
Chacun pour soi | Zkr
Gopnik | DJ Blyatman
Viens je t'emmène | D-Frek
My Way | Deadly Guns, Paul Elstak
Alles Slopen | Fantasm
CRUSH (Mid But I'm Fine Remix) | Yellow Claw, Natte Visstick, Mid But I'm
Fine, RHYME

Les récits de son cœur.

Un sentiment.

Je te connais, chaque centimètre de ta peau nu, je l'ai parcouru, du bout de mes doigts, j'ai mémorisé chaque détail, chaque détail de ta peau, et autre. Je pensais te connaître.

Je connais chacun de tes sentiments, ceux d'amour, de désirs, de douleur, de rage.
Je pensais connaître ton cœur.

Je défend ton cœur, ton âme face à toi même, alors que je ne sais rien de toi. Je ne vois rien, juste ton cœur battre fort au contact de ma main posée sur ton torse. Je touchais la douleur de ta peau mutilé. Je n'ai vu que l'image que je me suis forgée.

Les yeux parlent.

J'ai vu dans ton regard une pointe de lumière derrière l'âme sombre, abîmée. Des larmes de peine ,de colère j'ai vu des gouttes d'acides enchaînant ton joli cœur au désespoir, retirant la brillance du sourire de tes lèvres. J'ai vu ça dans ton regard.

Si seulement tu te voyais de mes yeux, tout est tellement merveilleux pour moi, tu es comme un rayon de soleil qui est rentré dans ma vie. Tu m'as compris, soutenu comme personne auparavant. Tu as essuyé mes larmes,

155

recollé les morceaux de mon cœur fort abîmé, su faire apparaître un sourire sur mes lèvres pour la toute première fois. Tu es ce gars là pour moi, tu es comme un super-héros, pas n'importe lequel, l'héros de ma vie.

Chaque moment près de toi fait battre mon cœur tellement fort que cela me donne l'impression qu'il sort de ma poitrine. Tu m'as et me fait rire tellement fort que de belles larmes coulent sur mes joues.

Quand tu m'abandonnes à nouveau mon ventre se noue, ma poitrine se serre, m'empêchant de respirer, l'impression de mourir une fois de plus. J'aimerais que tu vois à tel point, tu comptes, toi qui est persuadé d'exister pour personne.

...

Il y a un moment que l'amour signifiait la destruction. Mon cœur ne se battait plus que pour une seule raison, celle de me faire vivre. Vivre dans un monde où l'on ne trouve pas sa place. Je pense l'avoir trouvé à présent, elle est auprès de lui. C'est le seul capable de me faire sourire. Il a su faire partir toute la haine qu'il y avait en moi. J'ai ressenti à nouveau ce sentiment beaucoup plus intense qu'auparavant. Un sentiment prêt à tout pour que nos chemins ne se séparent jamais.

Par la fenêtre, j'ai fini d'observer le noir du ciel, lassée d'écouter ma raison. J'observe la brillance de certaines étoiles qui tracent petit à petit le chemin qui me permettra d'écouter mon cœur.

L'amour, une chose absurde.

Je pensais comme tout le monde qu'aimer quelqu'un, c'était aimer ce que l'on voyait, ce que l'on percevait chez lui. Puis il est arrivé. J'ai vu le mot "aimer" d'un autre sens, j'ai appris que ce n'est pas seulement aimer la personne c'est aussi aimer celle que vous êtes lorsqu'il est prêt de vous, d'aimer savourer chaque seconde, chaque baiser comme si cela était le dernier.

Lorsqu'il est arrivé, j'ai su aimer. C'est fou comme je pouvais passer des heures à nager dans son magnifique regard, des jours dans la douceur de ses bras ou encore une éternité dans son sourire.
C'est magnifique lorsqu'il sourit.

C'est magnifique lorsqu'il sourit...
Tout le reste du monde est gris sauf toi. Tu illumines ma vie telle l'étoile que nous observons ensemble. Pourvu que ce ne soit pas un mirage, pourvu qu'il ne sera pas une étoile filante qui ne passe que pour me faire rêver.

...

Son sourire est triste, je sens son cœur battre lorsque je suis là, je l'entends la nuit, sa voix hurler après moi. Il a besoin de ma présence, besoin de ressentir l'amour que j'ai pour lui. Il y a une étincelle qui brille dans ses yeux lorsqu'il m'observe, parfois c'est par amour, parfois c'est par colère. Il déteste de toute sa tête mais il aime de tout son cœur. C'est un grand bonhomme au petit cœur fragile. Je l'ai aimé en un clin d'œil comme je peux le détester en une seconde. Je devrais arrêter de me prendre la tête, vivre, ressentir tout cet amour qu'il a pour moi, mais pendant ce temps là j'essaie encore et encore d'enlever la haine qui vit à l'intérieur de moi. J'écris, je lis, je chante en espérant que ça sorte de moi. Mais tout ce qui traine par là c'est ça, alors j'écris des lignes et des lignes. Et quand je pense à lui, des milliers de couplets me viennent. Alors j'oublie que j'ai mal, que je souffre... Dans ses bras je suis bien. Je veux y être encore et encore, jusqu'à en oublier les heures qui passent, oublier tout le malheur du monde pour ses yeux. Je donne ma vie pour la sienne et je la donnerai encore chaque jour, sans lui montrer bien évidemment. Sans qu'à une seule seconde il remarque que je ne suis rien sans lui, oh ça, jamais je pourrais montrer ma dépendance pour lui. Il est ma drogue, mon cœur bat toujours plus fort à ses côtés, ne l'oublie jamais, sans son amour, je finirai par me tuer..

Que sommes-nous l'un pour l'autre ?

Je ne sais pas ce que tu es pour moi et je ne pense pas que tu saches ce que je représente, c'est pour cela que ton visage montre de l'incompréhension face aux gestes que tu as envers moi.
Nous sommes perdus, entre l'amour ou le désir sans savoir qu'est ce qui correspond le plus à notre relation.

Est-ce le désir qui provoque le besoin de l'autre ? Ou l'amour qui provoque l'envie inévitable de l'autre ?
Je ne sais pas.

Ce que je sais c'est que je suis près de toi, je vais bien. Même si ça ne dure pas et que je finirai probablement à avoir mal à nouveau, je trouve que tu vaux le coût. Et pourtant il m'arrive de te haïr de toute mon âme, de te détester bien plus que je t'ai aimé. Je ne pensais jamais en arriver là, cependant, il y a cette chose qui nous relie et qui me force à penser à nous, à notre union. Le partage d'un malheur commun et je ne sais si un jour je pourrai faire mon deuil.

Je sais bien que dire que tu vaux le coût, fait que les gens me prennent pour une débile, mais personne ne sait ce que nous avons vécu ni ce que j'ai ressenti pour toi.

Rien n'est commun entre nous.
Rien ne nous unis sauf lui, notre amour commun.

L'amour.

Je suis tombée amoureuse, amoureuse de chaque détail de son visage, du son de sa voix. Oui amoureuse de l'éclat de ses yeux lorsqu'il me regarde, des petits plis qu'ils se forgent sur ses joues lorsqu'il sourit. Je suis folle de la douceur de ses mouvements lorsqu'il m'enlace ou m'embrasse.

C'est une sensation magique de sentir sa main se poser le long de ma nuque le temps que ses lèvres effleurent les miennes avec tant de tendresse, tant de protection face à ma fragilité. Il s'occupe de moi, me protège de tout le malheur du monde. Il est fort, courageux. Je peux paraître folle, dès que nous nous sommes revu j'ai su que ce serait lui, celui dont j'avais besoin.

Je suis tombée amoureuse, amoureuse de son coeur, son histoire, de sa pensée. Oui amoureuse même de ce que je n'aime pas. C'est fou comme il a changé ma vie en si peu de temps. Fou comme l'amour qui m'apporte est la seule raison pour laquelle j'ai la force de me lever le matin.

Je suis amoureuse de tout ce que je ressens lorsque je suis près de lui, de tout ce qu'il me dit, de tout ce que je représente pour lui. Il m'a donné une valeur, une valeur inexplicable que je ne pensais jamais avoir. Il me voit comme cette pierre précieuse qu'on a peur de casser.

Ces choses que je ne saurai te dire.

Et puis y' a toi si je pouvais te dire que tu as tout chamboulé, mes pensées, mon coeur.
Le problème c'est que j'ai peur de l'amour, peur de tout détruire. Tu as trop de pouvoir sur moi et je t'assure ça me fait tellement peur car en 15 jours tu m'as fait vibrer comme jamais je n'aurai pu pensé... Tu as su faire de ma plus grande douleur, ma plus grande force. Je suis pas prête pour accepter, accepter d'être bien, me sentir bien je peux pas. Et tu es là à me rappeler une personne que je n'étais plus.

Alors jamais j'ai joué avec toi, sûrement pour ça que cela m'est si dangereux. Parce que je me sens si bien avec toi, tu apaises mon cœur et toutes ses douleurs. Mais la douleur je l'ai connue, je ne sais pas ce que tu m'apportes. Pourtant j'ai si mal sans toi, je t'assure tu hantes mes pensées, j'aimerai tellement être près de toi. Pourtant tout se détruit autour de moi.

Alors autant souffrir, je me bats pour être loin de toi, de tes bras, de tes yeux. C'est peut être plus simple comme ça. Peut être qu'un jour, j'aurai la chance d'être à nouveau près de toi et de pouvoir t'apporter ce que tu mérites.

...

T'as tout chamboulé en débarquant dans mon univers. Tu y as mis une pagaille hors norme, mais tu sais quoi ? C'est la plus belle pagaille au monde. Celle qui me fait me sentir bien, me sentir épanouie, me sentir capable de surmonter bien des épreuves à tes côtés. Tu as retourné mon cœur en débarquant, et c'est ce dont j'avais besoin. Mon cœur a reçu un électrochoc face à toi, depuis il est incapable d'imaginer que tu le quittes un jour. Et puis d'un coup ça arrive, tout arrive je me rappelle de ce monde où tu n'en fais pas partie. Tu sais pas à quel point, j'ai apprécié chaque seconde passée avec toi, chaque discussion tard la nuit où tous les sujets pouvaient être abordés, chaque moment privilégié avec toi où mon regard croisé le tien, chaque contact physique qu'il y a pu avoir, chaque frisson ressenti. Depuis plus d'un an maintenant, je ne ressentai plus rien et t'es arrivé. Mes réactions peuvent paraître excessives, mes mots forts, mais avec moi tout à une ampleur intense. Tu sais pas comme ton départ m'attriste, tu sais pas comme ça me fait mal de perdre une personne que j'aime. Je t'oublierai pas. Et je te l'aurai dit au moins une fois JE T'AIME. J'aime chaque facette de toi, même quand tu es aigri au réveil, même quand tu es en colère, même quand tu fais des comas interminables. J'aurai aimé pouvoir en découvrir davantage.

...

Parfois je doute de tout, je me dis que chacun de tes sourires était faux, que chacun de tes regards au quel j'ai cru ne voulait rien dire. J'imagine que tout ce que tu as pu me dire, tu l'as dit à des milliers d'autres filles. Et en y pensant une seconde de trop, je me dis que tout ce qu'on a vécu était faux. Je ne supporte pas cette idée. L'idée de me dire que ça n'a pas réellement compté parce que tout ça a eu tellement d'importance pour moi.. Alors j'essaie de rassembler chaque détails, chaque mots que tu as pu prononcer, chaque geste que tu as pu avoir à mon égard. Je me dis que c'est impossible que tu puisses me mentir autant. Tes yeux brillaient si fort, tes gestes étaient si tendre, tes mots semblaient si sincères. Je suis sûre d'avoir ressenti ta douleur à travers la larme que tu as laissé couler, alors je suis peut être idiote, ou encore aveuglée par ce que j'ai pu ressentir à tes côtés. Peut être que pour toi tout était réellement faux. Mais pour moi, tout était si intense, je t'aimais, et au fond je t'aime encore, je pense qu'une partie de moi t'aimera toujours. Ça peut te paraître fou, mais l'amour, le vrai passe au-dessus de tellement de choses. Je pense te connaître assez bien. Je sais que parfois tu me mentais, je sais que tu peux être colérique, je sais que tu peux être super aigri même, je sais que ton cœur est mille fois trop sombre, je sais que ta tête est ravagé de tempête, pourtant tout ça ne change et ne changera jamais rien à ce que j'ai pu et je peux ressentir pour toi. Pour une simple bonne raison, c'est que je t'accepte comme tu es. C'est ça le véritable amour, connaître les milliards de défauts de l'autre, et continuer de croire en lui. Je sais ce que tu vaux, qui tu es, alors malgré tout je te souhaiterai d'être heureux même si

162

cela arrive sans moi. Ce jour-là tu m'as dit que tu te réjouirais du bonheur de ma vie au point d'être assis au dernier rang le jour de mon mariage même si ta véritable place serait près de moi sur l'autel. J'aimerai y croire. Croire à chaque mot que tu as prononcé ce jour-là, tous ces mots doux... Alors en secret je veille sur toi, de loin, je veille à que tu n'aie pas trop mal, je veille à ce que tu réussisses à être heureux, je t'observe pas pour te suivre tel une folle, je veux juste le meilleur pour toi, je pries chaque jour pour que ta douleur disparaisse que tu puisse te sentir libre de toutes tes souffrances.

J'aimerai que toi, tu ne doutes jamais de ce dont tu es capable, que tu ne doutes jamais de ta beauté intérieure, je l'ai vu. Et là dessus, il m'arrivera jamais de douter. Tu as soi-disant fuis pour ne pas me faire de mal. Mais ma vérité à moi c'est que tu m'as sauvé. Sauvé d'un deuil qui me dévore de l'intérieur, sauvé de l'image que j'avais de moi, de ma valeur. Avant toi, personne ne m'avait décrit la manière dont tu me voyais. Alors oui tu es parti et putain j'en ai souffert énormément, j'ai été en colère parfois, mais depuis toujours on sait, on sait qu'à n'importe quelle heure, n'importe quel moment, n'importe quel endroit, on sera si besoin. Ne doute jamais, de ta force à te battre, ta force à traverser les tempêtes qui sont passées sur ton chemin.

Il serait fier de toi, d'où il est il veille sur toi de loin comme moi. Chacun de tes moments de joies le font sourire, chacun de tes moments de peine le contrarie. Observe autour de toi, il est partout, où tu veux bien le voir. C'est son sang qui coule dans tes veines et il ne le regrette pas. Tu es loyal, humble, fier, protecteur envers les tiens, les valeurs qu'il t'a transmises. Dans chacune de tes actions, il est là, et lui permet de vivre encore à travers toi. Chaque trait de son visage se dessine sur le tien, les plis au coin des tes yeux, ou au bord de tes lèvres que tu souris. Chaque fois que tu penses à lui, son cœur se serre, il est là juste derrière toi à suivre tes pas. C'est ta force, tu penses peut être que c'est un hasard chaque chose subtile qui t'arrive ? Le fait que tu sois vivant malgré les choses folles qui a pu t'arriver. Mais non, même si je veux bien croire que tu sois indestructible, la seule chose qui te rend vraiment indestructible c'est lui. Observe cette étoile qui brille si fort pour toi, qui te suit jour et nuit sans que tu t'en aperçoives.

Ça me tue de te voir, autant souffrir sans te rendre compte qu'on est tous là pour toi, blesse moi un milliard de fois et je serai encore là, je connais la beauté de ton cœur.

NOTE DE L'AUTEUR

Je n'avais jamais pensé, qu'un jour j'écrirai véritablement un livre, une histoire, surtout cette histoire. Tout part d'un simple " Et si ?". Je pense que c'est ce qui a été le plus beau dans notre histoire.

Je pense que je le remercierai jamais assez pour ce qu'il a su faire ressortir de moi, et ces lignes, ce livre lui est dédié.

Écrire a toujours été mon moyen d'exprimer ce que je pouvais ressentir, à travers chacun de ces mots, j'espère que vous saurez lire ce qui si cache. Cette histoire est intense et je souhaite à tout le monde d'avoir au moins une fois dans votre vie, votre "Rico". La personne avec qui vous vous sentirez vraiment vous.

Et si mon" Rico" lit ceci, je veux qu'il sache que je le remercie d'avoir cru en moi. J'y suis arrivée.